知覧と指宿枕崎線の間

西村京太郎

角川文庫
22821

目次

第一章「大義を知っていますか」

1

その日、十月一日は日曜日だった。

前日まで、暖かい日が続いていたが、今日は朝から肌寒く、昼になっても、気温が上がらなかった。

いつもの休日なら、京王多摩川《けいおうたまがわ》の河原には釣人の姿が多いのだが、さすがに今日は、まばらである。

おまけに風も出てきて、釣人たちは、今日は駄目だと見切りをつけて、帰り支度を始める者が多かった。

その中の一人が、釣具を仕舞って歩き出した時、前方の草むらに、倒れているジャンパー姿の男を発見した。

一瞬で顔色が変わったのは、はだけたジャンパーの下に、血が流れていることに、気がついたからだった。

生きているのか死んでいるのか、分からなかったが、怖ごわ靴先で押しても、男の身体は、ぴくりとも動かなかった。

釣人は、すぐ携帯で一一〇番した。

十五、六分後には、調布《ちょうふ》警察署の二台のパトカーが到着し、静かだったその一角は、急に騒がしくなった。

救急車もやってきたが、救急隊員が倒れている男の死亡を確認すると、引きあげてしまった。

刑事たちは、死んでいる男が、鋭利な刃物で胸と腹の二ヶ所を刺されていることを確認した。

流れ出た血はすでに乾き、死後硬直も起きているから、朝の間に殺されたと判断した。

ジャンパーのポケットに入っていた身分証明書から、被害者が有楽町《ゆうらくちょう》に本社のある中央新聞の記者であることが分かった。

住所は、調布のマンションだった。

草むらには、釣り道具が散乱していたから、調布の自宅マンションから京王線で、釣りにやってきたのだろう。それとも、歩いても三十分ほどの距離だから、歩いて来たのかもしれない。

被害者の名前は井《い》崎《さき》要《よう》介《すけ》、三十歳と分かった。

更に、所持品を調べていくと、財布の中に二万四千円が入っていることが分かったが、ジャンパーのポケットには、他に奇妙なものが入っていた。二つ折りにした白封筒である。表にも裏にも、何も書かれていない。刑事の一人が封筒の中を探ると、一枚紙が入っていた。取り出して広げてみると、筆で二つの文字が書かれていた。

「大義」

である。

若い刑事の中には、その意味が分からず、首を傾げる者もいた。

「大義って、何ですか？」

と、きく。

「大義は、大義だよ。大義シンを滅すという具合に使うんだ」

　年輩の刑事が教えるが、きいた方は、

「シンって、何のことですか？」

　と、更に分からなくなってくる。

「親のことだよ」

　と、年輩の刑事が続けて、

「なつかしい言葉だよ。私の亡くなったおやじなんかが、難しい顔で、時々、口にしていたな」

「シンは、真実のシンですか？」

「今、いったろう。親のことだ」

「そうすると、大義は、親より上だということですね？」

「昔の日本人は、よく、大義という言葉を使っていた。大義親を滅すというのは、主君や国の大事のためには、肉親を捨てるのも、止むを得ない。そういう意味だ」

「そうなると、この被害者は大義のために殺されたことになるんですか？」

「この封筒が、犯人が入れておいたものなら、そうなるがね。被害者が誰かに渡そうとしていたのなら、逆の理由になってくる」

「面倒くさい事件になりそうですね」

と、若い刑事がいった。

面倒くさくなった事件は、当然、警視庁捜査一課が担当することになった。

捜査一課の十津川《とつがわ》たちが、現場の京王多摩川の河原に行き、地元の刑事たちから、話をきく。

十津川が興味を持ったのも、「大義」だった。

「太平洋戦争の経験者に、戦争体験について、話を聞いたことがある」

と、十津川は、若い日下《くさか》刑事にいった。

「その時に大義という言葉を何回も聞いている。あの戦争は、総力戦だった。とにかく、勝利しなければ日本は滅びる、日本民族は消えるとまで考えていた。だから、国家という大義の前には、個人や家族の問題は否定された。個人の生死もだよ。こんな言葉も聞いた。生は死に勝り、義は生に勝るとね」

「それは、戦争中でも、はたして正しかったんですか？」

若い日下が疑問をぶつけてくる。傍にいた亀井《かめい》が、

「私も、戦争体験はないが、話に聞くと、大義の前には個人の利益など、ゴミ屑《くず》のように捨て去られていたそうだ」

「それは、間違っていると思いますね」

日下はちらりと、踏み荒らされた草むらに眼をやった。

すでに死体は、司法解剖のために、大学病院に運ばれていた。

「大義というやつは、いつの時代だって、厄介なものだよ」

と、十津川は、話の続きでいった。

「戦争中は、大義の前に、個は否定されていた。だから、新しい憲法では、わざわざ『個人として尊重される』と書かれているんだ」

「しかし、改憲派の人々は、『個人』を消して『公』の字を入れようとしています。その人たちの『公』は、いいかえれば『大義』だと思うんですが」

と、もう一人の若い刑事、三田村《みたむら》がいった。

「つまり、『大義』という言葉は、捉《とら》えどころがないんだ。時代によっても意味が違うし、重さも違ってくる。だが、戦争が終わって、戦争のために肥大化した『大義』が聞かれなくなって、ほっとしている老人も多いと思うね」

「そうなると、今回の事件で、犯人が『大義』と書いた紙を、被害者のポケットに押し込んだかもしれないことには、どんな意味があるんでしょうか？」

日下が、疑問を元に戻した。

「犯行の動機を示しているんじゃないでしょうか？」

と、北条早苗《ほうじょうさなえ》刑事が、いった。

「それにしては、解釈のしにくい言葉を使ったものだね。犯人自身は、日常的に使っているのだろうか？」

「被害者が受けた傷の深さから見て、犯人は老人とは思えません。若い、力のある人間と思われます」

亀井が、十津川に、いった。

「もう一つ、こんな紙を残している犯人だから、自分の動機は、個人的な、小さなものではないと、いいたいんだろうね」

「被害者は中央新聞の記者ですから、何かの取材で、犯人の恨みをかったのかもしれません」

「それを、聞きに行こうじゃないか」

と、十津川がいった。

2

中央新聞本社は、有楽町にある。

さすがに、自社の記者が殺されたことで、社内の空気は重苦しかった。

十津川が井崎記者の上司に会いたいと告げると、中島《なかじま》というデスクが、わざわざ個室に案内した。

「最近、井崎記者がどんな取材をしていたか、教えて下さい」

と、十津川がまず、きいた。やはり、「大義」の言葉が、引っかかっていたからである。

「そうですね。社会部記者ですから、一般の社会記事も書いていましたが、時間があれば、日本の鉄道についての取材も、委《まか》せていました。うちは年末に、日本の輸送力という特集を考えているんで、鉄道の部門を井崎に委せていたんです」

「なぜ、井崎さんに？」

「彼はもともと、鉄道マニアなんですよ。それで喜んでやっていましたよ。時には、休日も使ってね」

「日本全国の鉄道事情をですか？」

「そうです。最近は、九州を調べていましたね」

「どうして九州だったんですか？」

「JR九州は、株式を東証一部に上場しているし、有名なデザイナーがいるでしょう」

「M・Eさん？」

「刑事さんも、ご存じなんだ。井崎もM・Eさんの設計した列車が好きだといっていましたね。それで、ついJR九州に眼がいってしまうというので、私としては日本全国の鉄道事情を調べてくれと、いっていたんですが」

「井崎さんは、釣りが好きだったんですか？」

と、亀井が、きいた。

「二年前に調布に引っ越してから、京王多摩川に歩いて行けるので、時々、釣りに行くといっていましたね。むしゃくしゃした時に行くそうで、マニアじゃないとは、いっていました」

「取材先で問題を起こしたことはありませんか？　社会問題が起きて、その取材に行ったような時にですが」

「ヤクザのボスに取材に行った時、殴られたことはあったみたいですが、それは、三年も前のことです」

「井崎さんの机を見せてもらえますか？」

「彼の持物なら、全てこの部屋に移しました。北海道の御両親が、明日来るというので、渡そうと思いましてね」

デスクは、部屋の隅におかれた段ボールの箱を開けてくれた。

十津川が被害者の所持品に拘《こだわ》ったのは、やはり「大義」のせいだった。

井崎は前にも、犯人から手紙のようなものを受け取っていたのではないかと、考えたのである。

しかし、段ボールの中身をいくら調べても、それらしいものは見つからなかった。

(こうなると、調布の自宅マンションの方か？)

そちらには、三田村と北条早苗の二人の刑事が、行っているはずだった。

デスクの中島に礼をいって部屋を出ると、同じ社内にあるカフェに寄り、十津川はそこから、調布にいる二人の刑事に連絡した。

電話に出た北条刑事に向かって、

「どんな具合だ？」

と、きいた。

「まず、眼に入ったのは、鉄道関係の本や写真です。パソコンにも、新しい列車の写真が入っていました」

「それは、被害者が、デスクから命じられて調べていたものだから、問題はないよ。例の『大義』という言葉を使った脅迫状のようなものは見つからないのか？」

「まだ見つかりません。パソコンの中にも、入っていません」

「分かった。引き続き調べてくれ」

十津川は電話を切り、テーブルに戻って、少しばかりさめてしまったコーヒーを口に運んだ。

「井崎が殺されたことと、彼が鉄道マニアであることとは、無関係だと思いますね」

と、亀井が、いった。

「君の息子さんも、確か鉄道マニアだったね」

「鉄道マニアの端くれですが」

「その父親としての意見か？」

「マニア同士の関係というのは、情報交換が第一なんです。それに、列車も駅も、自分たちが造ったものではなくて、鉄道会社が造ったものですから、嫌いな列車や駅があっても、個人攻撃の対象にはならず、鉄道会社への攻撃になるんです」

「しかし、鉄道にも歴史があるだろう。その歴史の中には、太平洋戦争も入っているはずだ」

「そうですが、その場合でも、列車と駅は、会社が造ったものですから、個人的な好き嫌いはあっても、マニア同士がケンカをすることは、少ないみたいです」

「分かった。鉄道マニアの線は、なさそうだな」

十津川は、亀井の意見を受け入れた。

3

調布警察署に捜査本部が設けられ、北海道から上京した被害者井崎の両親にも来てもらって、話をきいた。

しかし、捜査の参考になるような話は、きけなかった。

「要介は忙しくて、なかなか会えませんでした」

と、母親は口惜《くや》しそうにいい、父親は、

「ここ一年の間に会ったのは、今年の正月だけだった。こんなことになるのなら、もっと会っておけばよかった」

と、こちらも、口惜しそうにいう。

いっこうに、捜査の参考になるようなことは、手に入らない。

十津川が一番期待していたのは、新聞社の同僚たちの証言だった。

何しろ、「大義」である。

同僚も新聞記者だから、「大義」と似たような言葉を、井崎から聞いているのではないかと期待したのである。

集まってもらったのは、男四人と、女一人の記者たちだった。

ここ二年間の井崎の記者としての行動を、まずきいた。

「よくやってましたよ。生まれつき、新聞記者に向いていたんじゃないですかね」

「取材で、相手から殴られたことがありましたが、笑ってましたよ。それでも、全くめげませんからね」

「休日に何をやっていたかは、知りませんね。お互いに、休日の行動については、タッチしないことになってますから」

「井崎さんから、大義という言葉を聞いたことがありますか？」

と、十津川が口を挟む。

「聞いたことありませんねえ。それって、少しばかり、古いんじゃありませんか」

「彼と戦争の話をしたことは、ありますか？」

と、これが二つ目の質問。

「そりゃあ、現代に生きる新聞記者としては、太平洋戦争は無視できませんからねえ」

「しかし、正直なところ、彼は、戦争の話は、嫌いだったんだと思うね。嫌そうな顔で、黙っていることが多かったから」

「私も同感。多分彼は、戦争の話は嫌いだったのよ」

それから、一週間した十月八日の日曜日に、第二の事件が発生した。

やはり、同僚からも、捜査の参考になるような話は、きけなかった。

今回は、夕刻の捜査本部に、三上《みかみ》刑事部長から電話が入ったことで始まった。

十津川が出ると、

「阿佐ヶ谷《あさがや》駅から車で十五、六分の所に、コーポ阿佐ヶ谷というマンションがある。そこの三〇六号室に、すぐ行ってくれ。その部屋の住人、二十五歳の女性が、死体で発見された。初動捜査班は、すでに現場に着いている」

と、三上が、いった。

「しかし、私は現在、調布で殺人事件の捜査に当たっていますが」

「だから、行ってもらいたいんだ。阿佐谷で発見された死体の上に、例の白い封筒がのせられていた。中の紙には、全く同じ『大義』とあった。それでだ。すぐ――」

「すぐ行きます」

十津川は、すでに立ち上がっていた。

亀井と二人、パトカーで、阿佐谷に向かう。

コーポ阿佐ヶ谷は、すぐ分かった。

そのマンションの前には、初動捜査班のパトカー二台が、とまっていた。

三〇六号室にあがる。2DKの部屋である。

この部屋の住人、木内愛花《きうちあいか》の死体は、まだ、洋室のじゅうたんの上に、寝かされていた。

初動捜査班の刑事が、十津川に説明する。

「被害者の木内愛花は、二十五歳。独身で、大手《おおて》町《まち》の商事会社Kに勤めています。今日は休日なので、昼近くまで寝ていて、そのあと、会社の同僚の田中明《たなかあきら》二十六歳と新《しん》宿《じゅく》で夕食を取り、そのあと飲むことになっていたそうです。田中明は、約束の五時に迎えに来て、死んでいる木内愛花を発見し、一一〇番したということです。鋭利な刃物で、胸と腹の二ヶ所を刺されていますが、凶器は見つかっていませんから、犯人が持ち去ったと思われます。死体の胸の上に、例の封筒がのせてあり、中身の『大義』の文字も確認しています」

その「大義」の文字を、十津川は確認した。調布で発見されたものと同じく、筆で書かれていた。

「封筒には、指紋がついていました」

と、初動捜査班の刑事が、つけ加えた。

（同じだな）

と、十津川は、思った。

調布の事件で見つかった白い封筒にも、指紋がはっきりとついていた。

多分、同じ指紋だろうと、思った。

この犯人は、普通なら隠そうとするところを、隠していないのだ。

死体を司法解剖のため運び出したあと、事件の通報者の田中明から、十津川は話をきくことにした。

被害者より一歳上の二十六歳。典型的なエリートサラリーマンの顔だなと、十津川は思った。

彼女が死んだ。それも殺されたというのに、落ち着いていた。

そのくせ、話しながら、時々眼を伏せる。多分、そうした方が警察に好印象を与えると計算しているのだろう。

そこで十津川は、彼の話には重きを置かず、こちらからの質問を重視した。

「彼女とはいつも、どんな話をしていたんですか？」

と、まずきいた。

「普通の話ですよ。食事の話、旅行の話、恋愛の話なんかですよ。それから商社なので、海外勤務の話なんかもしましたよ」

「海外というと、どこの話が多かったんですか？」

「アジアより欧米へ行きたいという話でしたね。特に女性社員は、フランス、イタリア、アメリカに行きたがっていましたね」

「木内愛花さんは、どこへ行きたがっていたんですか？」

「イタリアだったかな。いや、今考えると、彼女はあまり海外の話はしませんでしたね。なぜかな？」

「しかし、旅行の話は、よくしていたんでしょう？」

「そうですよ」

「では、国内旅行の話をしていたんじゃありませんか？」

「かもしれませんね。とにかく、彼女が一人で旅行したいといっていたのは、覚えているんです」

「あなたと一緒に旅行したいといってたんじゃないんですか？」

「私は、そのつもりでしたがね。なぜか、旅行には一人で行きたいといってました」

「なぜ彼女は、旅行は一人で行きたいといってたんですか？」

「覚えていないんですよ」

「あなたと一緒に食事をしたり、飲みに行っていたんでしょう？」

「そうです。今日も、そのつもりで、迎えに来たんです」

「それなのに、旅行には、一人で行きたいといっていた。なぜですかね？」

「分からないんです。そんなこと、まともに考えたことありませんから」

「こういうことは、考えられませんか。どこへでも、一人で行きたいというのではなく、日本の特定の場所にだけは、一人で行きたかったんじゃありませんか？」

「どうしてですか？」

「そうですね。例えば、大学時代の彼女に恋人がいて、二人で北海道か京都かに旅行したが、その時に、彼女のせいで恋人が死んでしまった。そのため、そこには一人でしか行かなくなった。そんなことではないかと思ったんですが」

「うーん」

と、田中は、ちょっと考えてから、

「そういう話は、聞いたことがありませんがね」

「あなたにはいわないでしょう。あなた以外の男の話だから」

「かもしれませんが、彼女から前に恋人がいたという話も聞いていないし、それらしい感じもありませんでしたがね」

「彼女はどこの生まれでしたかね？」

「滋賀県の彦根《ひこね》の生まれのはずです」

「そこに行ったことは、ありますか？」

「ありますよ」

「彼女と一緒にですか？」

「いや。去年の二月ですかね。一人で京都に旅行した時、彼女が彦根の生まれだと聞いていたので、どんな家か興味があって、帰りに寄ってみたんです。彦根城の近くの旧家でしたね」

「そのことを、彼女に話しましたか？」

「話しませんよ。彼女が嫌がるかもしれませんからね」

「この字を読めますか？」

と、「大義」と書かれた紙を、十津川は、田中に見せた。

「たいぎ――でしょう」

「どんな意味だか分かりますか？」

「確か、大きなことでしょう？　国家とか」

「あなたは、このマンションに来たことがありましたか？」

「泊まったことはありませんが、今日みたいに彼女を迎えに来たことは、ありますよ」

「この『大義』という字を、このマンションの部屋で見たことは、ありますか？」

「ありませんよ。第一、彼女に似合いませんよ」

「どうしてです？」

「彼女も私も大学では、将来に備えて、英語で授業を受けていましたからね」

「最後に、一つ聞きたい。木内愛花さんを、殺しましたか？」

「冗談じゃない。私が、殺すはずがないでしょう」

4

滋賀県の彦根から上京した木内愛花の両親を十津川が出迎えた。

遺体は、すでに捜査本部に運ばれていた。

両親に、遺体を確認してもらったあと、司法解剖の許可を得て、大学病院に送った。

そのあとで、十津川は、亀井と一緒に、両親から話をきいた。

「ちょうど一週間前に、調布市に住んでいる新聞記者が、殺されているんですが、われわれは、同じ犯人だと思っています」

と、十津川は、「大義」と書かれた紙を両親に見せて、

「この字を書いた紙が、新聞記者と愛花さんの遺体のどちらの傍にも、置かれていたからです。何かこの字に心当たりはありませんか？」

と、きいた。

「いや。全くありません」

と、両親がこもごも、いった。

「愛花さんは、よく彦根に帰っていましたか？」

「大学時代にはよく帰ってきましたが、社会人になってからは、仕事が忙しいのか、めったに帰ってこなくなりました」

「井崎要介という中央新聞の記者は、ご存じですか？」

「いや、知りません。仕事が忙しくて、マスコミの方にはあまり会わないのですよ」

「失礼ですが、何をやっておられるんですか？」

十津川がきくと、父親は、名刺を差し出した。

N自動車取締役社長　木内　徳久《のりひさ》

と、名刺にあった。十津川は、N自動車は知っていた。確か、工場は、琵琶湖《びわこ》の西岸にあるはずだった。

「自動車会社の社長さんですか。今は、大変でしょう。全ての自動車が電気自動車になるみたいな話があったりして」

と、十津川がいうと、

「亡くなった父は、戦時中、N航空をやっていて、終戦を迎えましたから、もっと、大変だったと思います」

「確かN航空は、戦時中、陸軍の軍用機を造っていましたね」

「よく、ご存じですね」

やっと、父親の顔に微笑が浮かんだ。

「実は、私はプロペラ機のファンなんです。N航空が造った戦闘機が好きで、自宅では、その模型を机の上に飾って見ています」

と、十津川は、いった。これは事実だった。

「愛花さんは、旅行が好きだった。それも、外国旅行よりも国内旅行と聞いたんですが、これは本当ですか？」

亀井が、きく。

「旅行が好きだったことは、間違いありませんが、海外より国内が好きだったかどうかは、私には分かりません」

と、父親がいう。断定しないのは、性格的に慎重なのかもしれなかった。

「愛花さんは、祖父がN航空の社長だったことは、知っていましたか？」

と、十津川は、きいた。

「父は戦後亡くなったんですが、亡くなる前に、N自動車の社史を作って、関係者に贈呈しています。その中に、戦前、戦中にかけて、N航空という名前で、飛行機を造っていたと書いてありますから、愛花も当然知っていたと思います」

「できれば、その本を読みたいのですが」

十津川がいうと、父親は、

「社史が、今度の事件と関係があるんですか？」

と、首を傾げた。

「分かりませんが、読んでみたいのです」

「それなら、すぐ、お送りします。まだ、何冊か残っていると思いますから」

と、父親は、約束した。

木内愛花の司法解剖の結果が出たあと、両親は遺体と一緒に、彦根に帰って行った。彦根で、茶毘《だび》に付すのだという。

司法解剖の結果は、十津川の予想した通りのものだった。

死因も、第一の殺人と同じだった。

刺されたのは、胸と腹の二ヶ所、傷の形は同じなので、第一の殺人と同じ凶器が使われた可能性が高いという。

二ヶ所の傷は背中近くまで達しており、力の強い人間が、何のためらいもなく、刺していることが推測された。

従って、犯人は、力の強い男性の可能性が高い。

白い封筒と、中の紙に書かれた「大義」の文字についての調査結果も出た。

第一の事件に使われた封筒と、文字との比較である。

二つの封筒と、中の紙から採取された指紋は、同一だった。やはり同一人物なのだ。

ただし、その指紋は前科者カードには、のっていなかった。前科のない犯人である。

「大義」の文字についても、書家の感想が寄せられた。

自己流で、習ったものとは考えにくい。筆を使って、一気《いっき》呵成《かせい》に書かれている。断定はできないが、かなり激しい性格の持ち主と思われる。

彦根に帰った木内徳久から、N自動車の社史が送られてきた。

「責任編集」のところには、木内徳久ではなくて、愛花の祖父の木内憲徳《さだのり》の名前が入っていた。

木内憲徳は、戦前、戦中にわたってN航空の社長だったから、自然に社史の八割は、飛行機工場の歴史になっている。

十津川が嬉《うれ》しかったのは、さまざまな飛行機の写真だった。

特に戦時中は、各種の軍用機を製作していたため、写真があり、性能が載り、その製作過程が詳しく書かれていた。

十津川は、N航空が製作した戦闘機の模型を持っている。彼自身は戦争には反対だが、不思議に思うのは、戦いの道具は、飛行機を含めて、性能が良くなればなるほど、美しく見えることだった。

その理由が、どうしても十津川には、分からないのである。

N航空は陸軍機を製造していたから、主力戦闘機は、一式戦二型・隼《はやぶさ》である。海軍の零戦《ゼロせん》に比べると、人気で劣るが、ほっそりした優雅な姿が十津川は好きで、デスクトップモデルを買って、飾っていた。

その戦闘機ももちろん、戦う武器なのだが、なぜか優雅である。

(なぜなのか? 折にふれて考えてみるのだが、まだ答えは見つかっていない)

そんな思いで、十津川は、N自動車(N航空)の社史を読んだ。

5

第一の殺人、第二の殺人について、なかなか容疑者が浮かんで来なかった。

第一の殺人の被害者、井崎要介と、第二の殺人の被害者、木内愛花との共通点が、見つからないのである。

男と女。

年齢が違う。三十歳と二十五歳。

生まれた場所も、北海道と滋賀県。

職業も、新聞記者と、商事会社の社員。その上この二つの会社にも、つながりはない。

通勤で使う交通手段も違う。

その年齢で二人とも未婚だが、現代では特別ではない。共通点ともいえないだろう。

小、中、高、そして大学も違っている。

二人の家族の間にも、関係はない。

初めて開かれた捜査会議で、十津川は、共通点のなさを強調した。

「唯一の共通点が、奇妙なことに、犯人なのです。正確にいえば、犯人の残した『大義』なのです」

と、十津川がいうと、会議に出席した三上刑事部長が、

「それで、何か分かったのかね？」

「ところが、二人の被害者とも、『大義』とは、関係のない人間に思えるのです。この字は、筆と墨で書かれていましたが、二人とも筆と墨とは無関係な人間でした。いつも使う筆記用具はボールペンで、筆も墨も、持っていないのです。今のところ、犯人がどんな人間なのか、なぜ『大義』と書いた手紙を残したのか、分かっておりません」

「それで、今後の捜査方針について、どう考えているのかね？　犯人の動機が分からないでは、捜査方針も立てにくいだろう？」

と、三上が、きく。

「その通りです。ただ、ひそかに期待していることがあるのですが――」

「どんなことかね？」

「まだ、自信がありませんので、本日は確言できません。お許し下さい」

「つまり、確固とした捜査方針は作れないわけだろう」

三上が皮肉めかしていい、第一回の捜査会議は、終わってしまった。

そのあと、亀井刑事が心配そうに、十津川にきいた。

「警部は、何か奇《き》蹟《せき》をお待ちなんですか？」

「まあ、そんなところだ」

「それは、地道な捜査に反しますよ。三上部長が怒りますよ」

「多分怒るだろうね」

「警部はいったい、どんな奇蹟を期待されているんですか？」

「今回の犯人は、二人の男女を殺している。動機は不明だが、これで犯行は止まらないような気がしているんだ」

「犯人は、第三の殺人に走るということですか？」

「そうだよ」

「なぜ、そう思われるんですか？」

「第一の殺人は、十月一日の日曜日に起きている。第二の殺人は、一週間後の十月八日、これも日曜日だ」

「確かにそうですが、それが第三の殺人の予告に思えるんですか？」

「証拠はないよ。しかし、私はこんなことを考えるんだ。犯人は『大義』という大きな看板を掲げて、第一の殺人を犯した。犯人は、続けて第二の殺人を実行したかったと思えるのに、なぜか一週間待って、十月の次の日曜日に、第二の殺人を実行した。

じっと一週間、がまんしたんだ。それで次の犯行も、じっと一週間がまんして、十月十五日に、実行するような気がして仕方がないんだ」

「十月十五日にですか？」

「証明するものは、何もない。ただ、私の勘なんだ」

「あと二日で、十月十五日の日曜日です」

「分かっている」

「何も起きなかったら、どうされますか？」

と、亀井がきいた。心配しているのだ。それに応《こた》えるように、十津川は微笑した。

「多分、私は無能といわれ、三上刑事部長は、私を更迭するだろうね」

その後、あっという間に二日間が過ぎて、十月十五日を迎えた。

6

T大学で、現代史を教えているのは、高橋晋太郎《たかはししんたろう》教授である。年齢は六十五歳。

優しい顔立ちだが、権力を辛辣《しんらつ》に批判することで、人気があった。

妻の秋子《あきこ》とは、大学時代に結婚していたが、秋子は五年前に病死し、その後、大学近くのマンションで、一人暮らしである。

大学まで、車は使わず、いつも歩いて通っている。そのせいか、足は丈夫である。マンションから学校までの間に、R公園がある。高橋はいつも、その公園を横切って、大学との間を往復していた。

公園の中央に、楓《かえで》の巨木がある。

「時々、立ち止まって、あの巨木を見上げるんだ。現代史も、同じように巨大だ。その一部に固執すると、全体が見えなくなる。現代の多くの悲劇は、全体を見ずに一部にこだわったために起きている」

と、高橋はよく学生にいっていた。

十月十五日の夜、午後九時三十分。たまたま、そのR公園を横切って、自宅に帰ろうとしていたT大の職員が、楓の巨木の根元で倒れている高橋教授を発見した。

これが、十津川の予想していた第三の殺人だった。

地元の練馬《ねりま》警察が駆けつけた時は、コートを羽織って倒れていた高橋教授は、すでにこと切れていた。

死因は鋭い刃物で、胸と腹を刺されたことによる失血死だった。

更に調べていくと、コートのポケットに、白い封筒が入っていて、中の紙には、「大義」の文字が、筆で書かれていた。これで、第三の殺人と断定されたのである。

その知らせを受けて、十津川たちは、現場に急行した。

R公園の楓の根元は、投光機の明かりで、真昼の明るさだった。

検視官が、犯人の使った凶器について、十津川に報告した。

「ここまでくると、犯人が使った凶器は、ただのナイフとは、思えなくなりました」

「どんな凶器ですか？」

「短刀です。日本の短刀ですよ」

と、検視官がいった。

そのあと、十津川は、コートのポケットに入っていたという「大義」と書かれた文字を見せられた。

十津川は、第一、第二のものと同じだと判断したが、それでも、念のために指紋と筆跡を調べることにした。

「やはり、第三の殺人が起きましたね。しかも、一週間後の十月十五日にです」

と、亀井が、いった。

「この教授は、休日だったが、特別ゼミを持っていたので、朝から大学へ行ったらしい。その帰りに、犯人に襲われたんだ」

「有名な先生みたいですね」

「著書が沢山ある。私もその一冊を読んだが、感心した。読者を納得させるものを持っている」

「そのことが、殺人と関係があると思いますか？」

「殺されたのがこの高橋教授だけなら、大いに関係ありと思うが、第二の殺人の被害者は、二十五歳のＯＬだからね」

と、十津川は、いった。

翌十六日に、十津川と亀井はＴ大学へ行き、被害者の同僚たちに話をきいた。

五人の人文科学の教授に集まってもらった。その中には、高橋と同じ現代史の教授もいた。

五人には、

「どんな人でしたか？」

という、漠然とした質問から始めた。

「とにかく、勉強家だった」

「学生の評判も良かったよ。断定的に話すから、授業が面白かったんだと思う」

「一緒に何回か酒を飲んだことがあるが、なぜか、私生活については、話さなかったね。しかし、奥さんは五年前に病死しているし、子供はいないんだから、話したくない私生活なんかないと思うんだがね」

「まだ六十五なのに、再婚する気はなかったのかな」

「そういえば、女性の話はなかったな」

「趣味は、何だったのかな？」

「私は時々、彼と碁をやったが、かなりの腕だったよ」

「旅行も好きだったんじゃないか」

「旅行は、誰だって好きだろう」

「だが、彼の場合は、仕事と一緒なんだ。太平洋戦争末期に、大本営を移すために、長野県の松代《まつしろ》に地下壕《ちかごう》が造られた。高橋は、本を書くために、松代へ行ってるんだ。単純に旅行のために旅行することは、ないらしい」

「私は、そんな旅行は、ごめんだな」

「要するに、まじめなんだよ」

「しかし、酒も好きだったよ」

「豪傑肌のところもあったんだ。それが高橋の魅力だな。だから、学生に好かれた」

「そういえば、彼の先祖は、会津《あいづ》藩の武士だと聞いたことがある」

「歴史に見れば、敗者の子孫だね」

「それが、彼の生き方に影響を与えていたかどうかは、分からないね」

十津川は、第二問として、「大義」について聞いた。

「現代史では、当然昭和十一年の二・二六事件や太平洋戦争も、俎上《そじょう》にのせるから、高橋も大義について、研究していただろうし、学生にも教えていたはずだよ」

「しかし、日常的には、大義という言葉は使わなかったと思うよ。どう考えても、古めかしい言葉だからね」

「高橋と手紙を交わしたことがあるが、大義という言葉が、使われていたことはないね」

第三問は、高橋教授が最近、誰かに脅迫されていたかというものだった。

その質問に対して、教授の一人は、

「そういう感じはなかったし、高橋本人から脅迫されているという話は聞いていない」

といい、他の四人も、それに同意した。

そのため、十津川は、この問題について、更に質問することは止めてしまった。

そのあと、十津川は五人の教授に、第一の被害者井崎要介、第二の被害者木内愛花の写真を見せたが、どの教授も、初めて見た顔だといった。

7

最後に、十津川は、高橋教授と同じ現代史を教えている田村《たむら》という教授に、話をきくことにした。

田村が、何回か高橋の自宅マンションに行ったことがあるというので、十津川と亀井は、一緒にマンションに行ってもらうことにした。

２ＬＤＫのゆったりした造りだった。

その中の一部屋が書庫になっていて、日本語、外国語の本が詰まっていた。

「さすがに、学者の部屋ですね」

と、亀井が声をあげたが、同行した田村教授は、

「おかしいな」

と、呟《つぶや》いた。

十津川が聞き咎《とが》めて、

「何が、おかしいんですか？」

「この部屋の様子が、ちょっと違っているんです」

「どこが、違っているんです？」

「確かテーブルの上に、本が五、六冊、重ねてあったんです。本棚から抜き出したんだと思いますね。聞いたら、もう一度、読み返しているんだといってました」

「どんな本でした？」

「タイトルは覚えていませんが、太平洋戦争関係の本だったと思います」

「それは、いつ見たんですか？」

「十月十四日です」

と、いう。

十津川の眼が光った。

「高橋先生が殺される前日じゃありませんか」

緊張して、十津川の声は、怒ったような感じになっている。

「そうです。土曜日で休みでしたが、ひとりで退屈なので、高橋を飲みに誘いに来たんですよ。その時、このテーブルの上に、本が重ねてあったんです」

「正確には、十四日の何時頃ですか？」

「簡単に夕食をすませてからだから、午後七時頃だったと思いますね」

「それで、飲みに行ったんですね？」

「もちろん、行きましたよ。駅前の飲み屋街で、飲みました」

「何時まで、飲んでいたんですか？」

「私は、翌日が日曜だから、徹夜で飲んでも良かったんですが、高橋が明日は朝からゼミをやるというんで、仕方なく解散しました。時間は午前零時の五、六分前だったと思いますよ」

「高橋先生が日曜日にやったゼミは、どんなゼミだったんですか？」

「確か、世界史から見た明治維新でしたよ」

「あなたが、この部屋で見たテーブルの上の本は、太平洋戦争関係のものだったんですね？」

「そうです」

「間違いありませんね？」

十津川は、あくまでも慎重だった。

「間違いありませんよ。五、六冊積んであって、その中の二冊は、私も読んだことのある本でしたからね」

「そして、日曜のゼミは、明治維新だった？」

「正確には、世界史から見た明治維新です」

田村教授も、根気よく訂正する。十津川も負けずに、根気よく、

「前日の十四日土曜日の午後七時に、あなたが飲みに誘いに来て、この部屋で、テーブルの上に重ねられた五、六冊の本を見た。太平洋戦争の本だった。そのあと、あな

たと高橋先生は、駅前に飲みに行き、午前零時近くに解散。高橋先生は、翌十五日の日曜日に、朝からゼミで話し、帰る途中で殺された。間違いありませんね？」

「その通りですけどね」

「この間に、高橋先生がテーブルの上の五、六冊の本を読み終えて、本棚に戻す時間があったと思いますか？」

「なかったでしょうね。しかし刑事さんは、何を調べているんですか？」

「高橋先生本人が、その五、六冊を読んで、本棚に戻すことができなかったとすれば、彼を殺した犯人がそれを持ち去った可能性が出てくるんです」

「本当ですか？」

「犯人は、高橋先生を殺したあと、マンションのキーを奪ってこのマンションに入り、この部屋から、テーブルの上の五、六冊の本を奪って逃げたのではないかということです」

「犯人は、なぜそんなことをしたんですか？」

「分かりません」

「マンションのキーが、なくなっていたんですか？」

「いや、高橋先生のコートのポケットに、ちゃんと入っていましたよ。犯人は、そのキーを使って、高橋先生のマンションに忍び込み、太平洋戦争の本数冊を盗んだあと、キーを戻しておいたことになります」

「なぜ、そんな面倒くさいことを、犯人はしたんですか？」

　田村教授が、当然の質問をする。

「今は、分からないので、全て想像の段階です」

　と、答えてから、質問を変えた。

「田村先生は高橋先生と同じ、現代史を教えておられるんでしたね？」

「そうですが」

「高橋先生の教え方は、田村先生から見て、どうでしたか？　何かくせがありましたか？」

「そうですねえ」

　と、田村は、考えてから、

「歴史、特に現代史というのは、いろいろな見方があるんですよ」

「歴史認識ということですか？」

「そうです。私は、いろいろな見方を示して、学生の判断に委《まか》せるんですが、高橋の場合は、自分に正直というのか、自分の考えを、押しつけるところがありましたね」

「それに対する学生の反応は、どうでしたか？」

「学生が、戸惑っていることもあれば、喜んでいる時もありましたね。とにかく、断定的な話し方は人気があるんです。若い学生には」

と、田村が、いった。

少しだが、死んだ高橋に対する批判のひびきがあるのを感じた。

十津川は、T大の学生たちの話もきくことにした。殺された高橋から、現代史の講義を受けていた学生たちである。

田村がいっていたように、学生の反応はさまざまだった。

学生たちも現代に対して、それぞれ意見を持っているのだ。

自分の意見に合った判断を高橋がする時は、「スカッとした」と、学生はいった。高橋の教え方が、断定的であればあるほど、スカッとしたというのである。

もちろん、逆のケースもあったという。自分の考えと反対のことを教えられると、高橋が熱心に断定的に話せば話すほど、反感も強くなったという。

（これが、殺人の動機なのだろうか？）

と一瞬、十津川は考えたが、すぐに否定した。

他に二件の殺人があって、その被害者は、大学教授ではなかったからである。

第二章　歴史認識について

1

十津川は、昭和五十三年、戦後の生まれである。

昭和三十九年（一九六四年）に東京オリンピックがあり、東海道《とうかいどう》新幹線が走った。時の首相が「十年後には国民所得が二倍以上になる」と叫んだ年よりも後で生まれているのである。

十津川班で最年長の亀井刑事でも四十五歳、戦後の生まれで、もちろん戦争体験はない。

十津川は、「大義」という犯人の残した言葉に戸惑いながら、同時に興味も感じていた。

亀井刑事も同じことを、いった。

「めったにお眼にかかりませんが、太平洋戦争についての本を読んでいると、ぶつかることがありますよ」

と、いう。

そこで十津川は、太平洋戦争について書かれた本を何冊か読んで、「大義」という言葉を探した。

二つ見つかった。

なぜか、どちらも戦況が悪くなってからのものだった。

一つは、昭和十九年十月二十八日の、連合艦隊司令長官、豊田《とよだ》副武《そえむ》の布告だった。

「神風特別攻撃隊敷島《しきしま》隊員として、昭和十九年十月二十五日〇〇時、『スルアン』島の〇〇度〇〇浬《り》に於《おい》て、中型航空母艦四隻を基幹とする敵艦隊の一群を捕捉《ほそく》するや、必死必中の体当り攻撃を以《もっ》て、航空母艦一隻を撃沈、同一隻炎上撃破、巡洋艦一隻轟《ごう》沈《ちん》の戦果を収め悠久の大義に殉ず。忠烈万世に燦《さん》たり。仍《よっ》て茲《ここ》に其《そ》の殊勲を認め全軍に布告す」

二つ目は、戦後に出版された『日本戦没学生の思想――〈わだつみのこえ〉を聴く』という本の中にあった。

「軍も政府も将兵を駆り立て『神風』『神国日本』『精神力』『悠久の大義』などの観念を強制的に吹き込んだ」

どちらも、特攻と呼ばれたものである。十津川は、他にも「大義」という言葉がないかと、探してみた。

ニューギニアで日本軍とアメリカ軍が戦った時の記録に、見つかった。

ニューギニア戦線に投入された日本軍の総兵力は、十四万人といわれる。終戦まで生き残り、日本内地に帰還できたのは、約一万人。とても、勝ち目のある戦場ではなかったので、大本営は第十八軍に、攻撃を中止し、後退を命じた。

それを不服として、安達《あだち》司令官は、次のような具申を大本営に出している。

「之《これ》ヲ戦略戦術的ニ解決スベキ合理的万全ノ方策ヲ求メ得ズ、本職ハ此《こ》ノ難局ニ処スル方策ヲ皇軍多年ノ鍛練ニ係ル軍人精神ノ教フル道ニ求メントス。皇国ノ彌栄《いやさか》ハ各人夫々《それぞれ》皇国ノ危急ニ殉ジ悠久ノ大義ト無窮ノ国史ニ生クルノ道ヲ全クスルニ於テ初メテ祈念シ得ベキハ諸子ノ既ニ熟知スル所ナリ――」

また、第十八軍の吉原という参謀長は戦後、この時のことを次のように書いている。

「――結局座して死し後世の譏《そしり》を受くるよりも、進んで祖国に殉ずるの大義に生くるに如《し》かずとの前記結論に到着したのである」

結局、安達陸軍中将の率いる第十八軍二万二千は、大本営の後退命令を無視して、連合軍支配下のアイタペ基地に攻撃し敗退、一万三千人の兵力を失ってしまう。それに対して、アメリカ軍の戦死者は約四百四十名に過ぎない。完全な敗北である。

十津川は、考え込んだ。

前の二つは、特攻の話である。必ず死ぬのだ。決死ではなく、必死である。

命ずる者も、体当たりする若者も、どう死を納得したのか。

どうも「悠久の大義」という言葉で納得させたように見える。

ニューギニア戦線の第十八軍と、安達司令官の場合は、どうなのか。

大本営は、第十八軍に後退を命令している。退却を禁じている大本営が、後退という言葉で退却を命じたのだから、どう考えても、第十八軍のアイタペ攻撃は、失敗すると見ていたのだ。

安達司令官自身も、勝ち目はないし、沢山の兵士を死なせることを予期していたのに、この無謀な攻撃を命令しているのである。

これを示す安達司令官の上司だった阿南《あなみ》第二方面軍司令官の日記に、次の記述がある。阿南は、終戦時の陸軍大臣で、その時、自死している。

「安達二十三《はたぞう》第十八軍司令官より、予にアイタペ攻撃を決行せしめられ度旨《たきむね》具申あり。皇軍の真姿を発揮し、楠公《なんこう》精神に生き、今回の結果如何《いかん》よりも皇国の歴史に光輝を残すを以て部下への最大なる愛なりとの信念を縷述《るじゅつ》しあり。将帥の心情正に斯《か》くの如くなるべし。予も武士道を知り、皇軍戦道を解す。之を是認し、上司にも具申す」

阿南も、安達も、勝てる見込みはないとわかっていながら、アイタペ攻撃を命令したのである。多くの兵士が死ぬことも、予期していたのにである。

こうなると、特攻と同じだと、十津川は思った。そして、それを納得するための言葉が、ここでも、

「悠久の大義」

である。

この言葉で、若い兵士たちは死を納得したのか。いや、死を命令した側が、この言葉で、自分を納得させようとしたと、十津川には考えられた。

しかし、形としては納得できても、十津川は「悠久の大義」、或《ある》いは「大義」という言葉で自分の死を納得する意味が分からないし、死を他者に押しつける気持ちも分からなかった。

十津川としては、殺人のたびに「大義」と書き残していく今回の犯人は、どんな人間なのか、戦争体験者なのか、自分と同じ、戦争を知らない人間なのかを知りたかった。

そこで、十津川は戦争体験者に話をきくことにした。

井口勝《いぐちまさる》。九十歳である。

元神奈川県警の刑事で、その後、東京の安全協会で働き、現在は年金生活をしていた。

戦争中は海軍兵曹長として、千葉県館山《たてやま》の海軍基地で、特攻兵器伏龍《ふくりゅう》の訓練を受けていたという。

五年前、十歳年下の奥さんが亡くなったので、現在は伊豆《いず》の老人ホームに入っている人である。

紹介され、十津川は、ひとりで会いに行った。井口は、１Ｋの部屋で自分の日記を読み返していた。

十津川は、井口が甘いものが好きだと聞き、名店のケーキをお土産に持って行った。

十津川が最初にきいたのは、特攻兵器伏龍のことだった。

井口は黄ばんだ写真を見せて、説明してくれた。

「アメリカ軍が上陸しようとすると、手に持った長い竹竿《たけざお》の先に爆薬をくりつけて海の底にもぐり、敵の艦船が近づいたら、爆薬をその底にぶつけるんです」

「そんなことをしたら、死んでしまうでしょう」

十津川がいうと、井口は笑って、

「だから特攻なんですよ」

「それでは、戦争末期に、潜水具を身につけ、爆薬をくりつけた竹竿を持って、毎日海にもぐっていたんですか？」

「本土決戦が近づいていましたからね。連日潜水具をつけ、爆薬を持って海にもぐり、長時間、じっと海底に潜む訓練ですよ」

「大変ですね」

「潜水具が故障しがちで、窒息して死んだ仲間が何人もいました」

「今、日記を読んでおられましたね」

「雑誌から特攻兵器伏龍のことを書いてくれという依頼がありましてね。死ぬ前に書いておいてもいいなと思いまして、当時の日記を読み返しているんです」

「井口さんは、伏龍の訓練を受けていたんですね」

「そうです。よく死なずにすんだと思いますよ」

「井口さんは、『大義』という言葉を聞いたことがありますか？」

「悠久の大義でしょう。戦況が不利になってから、ずいぶん聞かされましたよ。他には、大楠公精神ですかね」

「大楠公精神というのは、あの楠木正成《くすのきまさしげ》と関係あるんですか？」

「その楠木正成です」

「しかし、楠木正成は千《ち》早《はや》城に籠《こも》ってゲリラ戦で敵の大軍を悩ませたんじゃありませんか？」

「そうです。戦況が良かった時は、もっぱら楠木正成は、巧みな戦術で敵軍を悩ませた名将といわれましたが、戦況が悪くなり、特攻や玉砕が続くと、それに合わせた正成像に変わっていったんです。それが、大楠公であり、大楠公精神です」

「確か楠木正成は、湊川《みなとがわ》で亡くなっていました」

「敵の足利尊氏《あしかがたかうじ》が数万の大軍を率いて攻め上ってきた時、後《ご》醍醐《だいご》天皇から、湊川へ行き、防げと命令されたのです。わずか数百人の兵しかいなかったものの、直ちに湊川で尊氏軍と戦って、壮烈な戦死を遂げた。死ぬと分かっていながら出陣した。それが、大楠公精神というわけです。私も、伏龍の訓練を受けている間、大楠公精神を持てとか、悠久の大義のために死ねとかいわれましたよ」

　と、井口はいう。

「納得できましたか？」

「そうですねえ。今なら反発するでしょうが、あの時の精神状態では、よく分からないままに、受け入れたのでしょうね」

「どうしてですか？」

「あの頃、特攻訓練を受けていた私は、どうせ死ぬと思っていましたからね。少しでも、その死を意味あるものにしたい、飾り立てたいと思っていたから、悠久の大義とか、大楠公精神という言葉は、それにふさわしいものだったんですよ」

「だから、井口さんも、覚えていらっしゃる？」

　十津川がいうと、井口は笑って、

「時には、忘れたい言葉ですがね」

「戦争体験のない現代の男がやたらに『大義』みたいな言葉を口にしたり、書いたりするのは、どんなケースでしょうか？」

　と、十津川がきいた。

「そうですね。自分の身内に、特攻で死んだ人がいるとか、戦争オタクで、戦争について書かれた本や、ＤＶＤを沢山持っている人間じゃありませんかね」

「もし、あなたの前に死体があって、その上に『大義』と書かれた紙が置かれていたら、どう考えますか？」

　十津川が、きいた。あまり気の利いた質問ではなかったと思うと、やはり井口は、苦笑しただけで、すぐには返事をしなかった。

　だが、二、三秒のあと、

「私は戦争体験者ですから、犯人は同じ戦争体験者かと、まず考えますね。今もいったように、大義という言葉は、やたらに聞いていましたからね。そのあと、犯人が若いとすると、祖父が特攻死しているかもしれない、或いは戦争オタクじゃないかと考えますよ」

「私も、今度の事件で、戦争の話や特攻の話を調べています。それまでは、特攻というと、航空特攻しか考えなかったんですが、井口さんと話して、さまざまな特攻があったことを知りました」

「そうでしょう。実は、私も飛行機に乗りたくて、少年飛行兵に志願したんです。ところが、飛行機の数が足らないとか、パイロットの養成には時間がかかるとか、金がかかるということで、伏龍の部隊に廻《まわ》されてしまいました」

「今回、その体験記を書かれるわけですが、他の特攻の生き残りの方にも、会われたんですか?」

十津川がきくと、井口は、親交を持った人たちからの手紙を見せてくれた。

「皆さん、私と同じ年配なので、パソコンは使わず、こうして手紙の往復です」

「拝見して構いませんか」

十津川は、十二、三通ある手紙に、ざっと眼を通した。

確かに、航空特攻の生き残りの人からの手紙もあれば、人間魚雷回天《かいてん》の生存者もいた。本人が亡くなって、その子息からの手紙もあった。

「手紙を読むと、井口さんは、同じ特攻の人や、その子供とたびたび会って、話もされていますね?」

「会っています。自分の思い込みと、実際には違っていることもありますから」

「喧嘩《けんか》をなさったことも、あるみたいですね?」

十津川が、きく。

井口は、微笑した。

「小さな記憶違いは、話し合って訂正していくのが結構楽しかったですが、特攻が正しかったかどうかという根本問題になると、お互いに譲ることができなくて、喧嘩になることがありましたね」

「具体的にいうと、どういうことになるんですか?」

「一応、特攻をどう考えるかについて答えは見つかる、いや、こう考えるということは決まっているんで。戦術としては間違っているが、亡くなった若者たちの精神は、純粋で尊ぶべきだということです」

　と、井口は、いった。

「それが、特攻を考えるときの最大公約数ですか？　特攻の父といわれる大西《おおにし》中将も、『特攻は、統率の外道である』といっています。軍の上層部も、最後まで特攻はやりたくなかった。『死んでくれ』と命令するわけだし、日本以外で特攻作戦を実行した国はないからです。航空特攻は、海軍が先陣を切っていますが、その海軍の上層部は、戦争に負けると、自分たちが非人道的な戦術を取ったと連合国に批判され、罰せられることを恐れて、その弁明を考えていたことが分かりました。特攻を計画し、実行した軍の上層部自身、特攻が間違った戦術と知っていたことになります。しかし、実行者はどう受け止めていたのか、それが知りたくて、井口さんにお会いしたのです」

「どう話したら、本当の自分の気持ちを表せるのか」

　と、井口は、視線をそらした。

「陸軍も海軍も上層部は最後まで、特攻は命令ではなくて、志願制だと主張していましたが、井口さんの場合は、どうだったんですか？」

「いきなり館山の基地に連れて行かれて、潜水具を着せられ、訓練が始まったんです。

反対なんかできる雰囲気じゃありませんよ。それに、本土決戦になったら、どうせ死ぬんだから、同じことだという気持ちもありましたね」

と、井口は、いう。

十津川は、肯《うなず》いた。

今度の事件の捜査にあたって、十津川は日本の軍隊について調べた。よく日本人は、「日本にも、大正デモクラシーがあった。だから、アメリカに教えられなくても、デモクラシーは分かっている」という。

確かに、大正デモクラシーはあった。それは、日本の軍隊組織にも影響を与えて、例えば「軍隊内務書」は、次のようになっていた。
「上官に不条理な命令を受けた場合は、おもむろに順序を経て、事件関係者の直上所属隊長に上申するを妨げない」
「上官は上申者の意志に反して、上申を停むることを得ず」
「上申を受けたる上官は、速やかに其《そ》の事情を闡明《せんめい》し適宜の処置を講ずるものとす」

これらは全て、不条理な命令に対しては抗議できるという条文である。

ところが、昭和九年から十一年にかけて、この条文は、全て削除されてしまうのである。

代わって教育総監部の作った「軍隊内務規程」は次のように教える。

「上官の命令には、絶対服従の義務を負う」

「上官の命令は直ちに実行せねばならぬ。事の判断は許さない」

「軍隊教育完成の極致は、上官の命令を奉ずるや、命令の内容実質の如きは、何等の疑念を挟むことなく只《ただ》単に如何《いか》にして命令を完全に遂行すべきやに専念するに至るであろう」

これを守れば、上官の命令がたとえ違法でも、下級者が拒否するのは事実上、不可能になってしまうのだ。

なぜ、こうした軍隊の締めつけをやったかについて、次のような言葉が並んでいる。

「欧州大戦後とうとうとして風靡《ふうび》せる誤れる『デモクラシー』的思想は、軍紀を振作《しんさく》し、軍の団結を完《まっと》うする所以《ゆえん》にあらざるのみならず、特に皇軍意識の徹底を害するあるを以《もっ》て、誤解を招くが如き字句、条項は修正又は削除せり」

こうして、大正デモクラシー思想を正面から否定しておいて、荒木《あらき》陸軍大将は、自著『皇国の軍人精神』の中で次のようにいう。

「『退却』と『降服』は、我軍隊に於《お》いて絶対の忌語であり、我軍人精神と根本的に相容《あいい》れぬ行為である」

つまり、法律で、絶対服従を規定しておいて、退却と降服を禁じているのである。

さらに、東條《とうじょう》陸軍大臣が「戦陣訓」の中で、最後まで戦って降伏せず、自決せよという。がんじがらめにしておいて、故に皇軍は世界最強であると自負していたのである。

さらにいえば、昭和十一年の二・二六事件の際に、上官が総理大臣を殺せと命令した時、さすがに、それに従うべきかどうかが問題になった。この疑問に対しても、迷ってはならぬとして、

「命令服従について、上官の命令は直ちに実行せねばならぬ。事の判断は許さない」

これが模範回答なのだ。

上官の命令に対して、自己判断は許されない。盲目的な命令順守が皇軍の精華であると教えられた。

こう考えれば、特攻の指示に対して、反対する者がほとんどいなかった理由も分かってくる。

命令に絶対服従、命令の内容についての批判は許されぬ。それが皇軍と、何年もの間、叩《たた》き込まれてきたのである。

「本当に井口さんは、反対とか、こんな戦い方は嫌だ、バカげているという気持ちはなかったんですか？」

十津川は、改めてきいた。

「館山に連れて来られて、上陸してくる敵の艦船に、爆薬をぶつけろといわれた時は、やるより仕方がないなと思いました。他の選択は許されませんでしたから。ただ、訓

練が始まると、それが辛《つら》くて、訓練中の事故死が出たりすると、逃げたくなりましてね。暗い海底に、爆薬つきの竹竿《たけざお》を持ってじっとしていると、だんだん怖くなってくるんですよ。何か、漂流物でもぶつかったら、どかーんですからね」

「それを隊長に、いわなかったんですか？」

　十津川がきくと、井口は苦笑して、

「そんなことをしたら、殴られるだけですよ。何も考えないのが、いい兵士ですから」

「今は、伏龍特攻については、どう考えているんですか？」

「今なら、どんな批判でもできますよ。あんなことで、米軍の艦船を沈められるのか、とか」

「米軍は、上陸に際して、海岸線に向かって猛烈な砲爆撃を加えてきますから、誘発で死ぬんじゃありませんか？　潜水具を身につけて爆薬をつけた長い竹竿を持っていたら、逃げられないでしょう？」

「逃げられないし、逃げることは、許されませんよ。海底に潜んで、じっと動かずにいるわけですから」

「同僚と一緒ではないわけでしょう？」

「それが、一番辛かったですね。暗い海底に、仲間と離れて、じっと一人でいるわけですからね。訓練でも、それが辛いというか、怖かったですね」

「上の方は、上手《うま》くいくと思っていたんですかね？」

と、十津川は、きいた。

「大義」という言葉から、戦争末期の特攻について調べているのだが、十津川が疑問に思うのは、そんな手段を使って、はたして成功し、戦いに勝てると思っていたのかということだった。

「そんな疑問は、持たなかったんですか？」

と、十津川は、きいてみた。

井口は、また苦笑して、

「そんな疑問を口にしたら、殺されていたかもしれません。疑問を持つことは、許されない時代でしたから。多分、命令する方も、あの戦争に勝てるとは思えなくなっていたので、死ぬ訓練をすることで、その不安から逃げていたんじゃありませんかね。死ぬ以上のことはありませんから」

「ここにある手紙の中に、沖縄決戦で、航空特攻で死んだ陸軍中尉の息子さんのものもありますね」

「沖縄戦の際、特攻で死んだ岸本《きしもと》中尉の息子さんです」

「父をもっと華やかに死なせてやりたかった、と書いていますね」

「私も最初、その意味が分からなかったんです」

「特攻に反対だったということですか？」

「いや、私が調べたところでは、岸本陸軍中尉は、国が必要としているのなら、喜んで死ぬといって、突っ込んでいったといわれています」

「それなら、息子さんは、どうしてこんな手紙をあなたに送ってきたんですか？」

「最近、岸本中尉が友人に託した遺書が見つかって、息子さんのもとに送られてきたというのです」

「特攻に批判的な遺書ですか？」

「いや。私も、その遺書を見せてもらいました。泣きました。死ぬことに不満はない、喜んで敵艦に体当たりする覚悟だと書き、唯一の希望を述べているのです。そこには、こうありました。『完全なる飛行機にて出撃致し度《た》い』とです」

「完全な飛行機じゃないもので、特攻したということですか？」

「調べてみると、岸本中尉が搭乗したのは、九七式戦闘機と呼ばれるひと昔前の飛行機なんです」

井口はアルバムを持ち出して、その戦闘機の写真を見せてくれた。

確かに、脚が引っ込まない、一時代前の戦闘機だった。

「太平洋戦争が始まった時の日本の戦闘機は、海軍は零戦、陸軍は隼です。どちらも脚は引っ込み、エンジンは一〇〇〇馬力近くあります。ところが、岸本中尉に与えられた九七式戦闘機は、六五〇馬力、最高速度は五〇〇キロに達しない四六〇キロ、ひと昔前の戦闘機です。それに二五〇キロの爆弾を積んだら、間違いなく速度は四〇〇キロを割ってしまいます。それに対して、米軍のグラマンF6Fや、シコルスキーは、二〇〇〇馬力、最高速度は六〇〇キロから七〇〇キロ、そのうえ一二・七ミリ機銃を六門も備えているんです。それが百機、二百機と大群で待ち構えていますから、見つかれば必ず撃墜されます。岸本中尉の場合も、敵艦に体当たりしたかどうかは、分かっていないのです」

「岸本中尉は、下手な飛行機乗りだったんですか？」

「いや、中国戦線で、六機を撃墜しています」

「それなのに、体当たりせよという命令には、不満があったでしょうね？」

「それでも特攻を拒否しなかった。国家がそれを要求するのなら、甘んじて特攻する。ただ、彼の自尊心が傷ついたんだと思います。特攻を命令した人たちは、日本を救うのは君たちだ、君たちは神だと、持ち上げておいて、中古の飛行機を与えて、これで突っ込めと命令する。これでは、若者たちは怒りますよ。最高の飛行機に乗せるべきですよ」

「中には、練習機に乗せた上官もいたそうですね」

十津川がいうと、井口は肯《うなず》いて、

「そういう人からも、手紙を頂きました。海軍の兵曹長で、特攻の寸前に終戦になって、助かったんです。でも、もう亡くなりました。搭乗するはずだった飛行機は、練習機だった。戦後に、海軍で特攻を命令した軍令部の総長に会ったとき、なぜ練習機に乗せたんだ？　体当たりする前に死ぬと分からなかったのかと、責めたそうです」

「その返事は？」

「本土決戦が近づいていたので、必要な飛行機はそれに備えて温存せよとの命令だったので、仕方なく、練習機を使ったといわれたそうです」

「練習機は、スピードがおそいでしょうね」

「せいぜい三〇〇キロぐらいでしょうね。そのうえ機体は軽いから、爆弾を積んだら、ヨタヨタでしょう。米軍機に見つかったら、絶対に助かりません」

「そんな練習機で特攻しろと命令された海軍の兵曹長も、死ぬことよりも、自尊心が傷ついたんですかね？」

「自分たちを、神だとか、英雄扱いしながら、最高の飛行機を与えず、練習機を与えられたことに、自尊心が傷ついたんだと思います」

　と、井口は言葉を続けて、

「私たち伏龍特攻は、もっとみじめでしたよ。死ぬのなら、もっと華やかに死にたかったですから」

2

十津川は、特攻について研究している、T大の准教授にも話をきいた。

渡辺《わたなべ》という四十代の准教授である。

すでに『太平洋戦争』の上下本や『特攻の真実』という本を出していた。

「特攻について考える時、もっとも苦労するのが、どうしても、現在の立場、見方で、論じてしまうことです。特に、戦争を知らない人たちが大半になった現在、難しいと思いますよ」

と、渡辺が、いう。

「それでも、構いません」

と、十津川は、応じた。

今回の殺人犯も多分、戦争を知らないだろうと、想像できるからだ。

「私も、もちろん戦争を知らないし、戦闘体験など、全くありません。従って、勝手なことをいうかもしれませんよ」

「その方が、参考になります」

「じゃあ、勝手にやりましょう。私が一番不思議に思うのは、いろいろな特攻の形があることです」

「先日は、伏龍の訓練をしていたという方に会いました。海にもぐって、竹竿《たけざお》の先に爆薬をくりつけて、敵艦にぶつけるという特攻です」

「それも含めて、研究した人間がやたらに必死と叫んで、なぜ逃げる方法を研究しなかったかということなんです。航空特攻で、飛行機に爆弾を積んで、敵艦に体当たりする。それなら、ぶつかる寸前にボタンを押す。座席ごとはじき飛ばされて、海に落ちる。なぜ、そんな発明をしなかったのか。もちろん、助かる確率は小さいでしょうが、ともかく、必死ではなくなるはずです。人間魚雷回天も同じです。大型魚雷に乗り込んで、敵艦に体当たりする戦術ですが、これだって、ぶつかる瞬間、脱出する方法を、なぜ考えなかったのか。一番分からないのは、敵の戦車に対して、兵士が爆弾を抱えて体当たりする、この方法しかなかったことです。誰でも考えるはずなんです。爆弾を抱いて体当たりするなら、砲撃すればいいじゃないか、とです。兵士一人、あるいは二人で操作できる大砲ですよ」

「ああ、バズーカですね？」

「そうです。第二次大戦で戦った強国の中で、バズーカが実戦で使われなかったのは、日本だけなんです。アメリカ、ドイツ、イギリス、ロシア、名前が違っても、バズーカを持っていました」

「あれは、ロケット砲ですね」

「そうです。日本にロケット技術がなかったわけじゃない。ちゃんとあったんです。それなのに、対戦車にバズーカと考えず、兵士に爆弾を持たせて体当たりすればいいと考えたんです」

「人命の軽視ですか？」

「そう考えざるを得ませんね。一方で、政治家は、生命は地球より重いという。そのくせ、死をもてあそぶ。自殺者が多いし、死ねば全てが解決すると考える。死んでも何も解決しないのにです」

「しかし、それが日本人の特性だとは、考えたくありませんね」

と、十津川は、いった。

「私も、日本人の特性だとは思いたくないのです」

「そう思える話がありますか？」

「ないことは、ありません。航空特攻にしても、命令者は最後まで命令ではなく、志願だといっていました。必死の作戦は、命令できるものではなく、許されるのは志願だけだと知っていたからです。もっといえば、本心では、特攻は間違っていると、分かっていたことになります」

「しかし、特攻に反対する声は、なかった。なぜ、反対しなかったのか、そこが怖いのですが」

「それは、命令に反対することは、許されない、たとえ誤った命令でも、すみやかに実行するのが皇軍だと教えられてきたからです。だから、孤島の守備隊が、降伏せず玉砕していったのです。しかし、玉砕といわれた孤島でも、何人かの降伏者は出しています」

「特攻でも、同じようなことが、あるんですか？」

「特攻を命令され『喜んで体当たりする』といい残して飛び立った特攻隊員が、戦友には『特攻は間違っている』と話していたケースもありますし、特攻を命じられた夜、明日乗っていく飛行機に向かって小石を投げ続けていたパイロットの話もあります。エンジンが故障すれば、明日一日は出撃しなくてすみますから。これは、卑怯《ひきょう》ではなくて、人間本来の反応でしょう。また、自分が特攻に指名されたパイロットは、覚悟はできますが、戦友には、隊長とは顔を合わすな、眼が合うと指名されるからと、いい残して散っていったという話もあります」

「それで、特に航空特攻は、終戦の日まで続いていますね。政府は、降伏を考えていたのに、なぜ特攻は続いたんでしょう？　なぜ、もう特攻は中止するという声は出なかったんでしょうか？」

と、十津川は、きいた。

「いろいろと考えられます。私は、戦後も生きている陸海軍の将兵に会って、話を聞きました。一番多かったのは、日本人らしく死にたかったという言葉ですね。終戦近くなると、もうこの戦争に勝てないと分かってくる。しかし、戦争に負けても、精神では勝てるかもしれない。特攻を続けていけば、アメリカは、そんな日本が恐ろしくなって、向こうから和平の申し込みをしてくるのではないかというのです。そんな想像で若者を毎日、特攻で死なせていいのかと思うんですが、それは現在に立っての考えですね」

「今、自衛隊が存在しますね。彼らは特攻について、どう考えているんでしょうか？」

と、十津川は、きいてみた。

「元陸自の幕僚長や、元海自、空自の人たちに聞いてみたことがあります。そうすると、一般的な答えしか返ってきませんでした。つまり、自衛隊としては、特攻は絶対に実行しない。しかし、特攻で死んでいった若者は、立派だから尊敬しているということです」

「確かに、一般的な答えですね。一番無難な答えでもありますね」

「しかし、一人一人の本心は、違うかもしれませんよ。特に、父や祖父が特攻で死んでいる場合です」

と、渡辺は、いった。

「そういう人たちにも、会われたことがあるんですか？」

「何人かに、お会いしています」

十津川は、相変わらず犯人のことを考えていた。

今回の犯人は、自分の父や兄や、あるいは祖父が特攻で死んでいるのではないか。そしてその遺書の中に「大義」という言葉があったのではないだろうか。

「これは、二つに分かれますね。二度と戦争は起きないで欲しいという人と、特攻で亡くなった父や祖父を立派だと思い、遺族会でひそかに自慢し合う人とです。後者の人たちは、こちらが特攻を否定すると、本気で怒りますね」

「どうしてですか？」

「特攻をした人の遺族は、自分の栄光のためにやったのではなく、国家のために特攻を考え、特攻を行ったのだと考えているからでしょうね」

と、渡辺は、いった。

「もし、戦争になって、負け戦になったら、また特攻が生まれると思いますか？」

最後に、十津川は、きいてみた。

渡辺は、すぐには答えず、逆に、

「なぜ、そんな仮定の質問をされるんですか？　何か、事件の参考になるんですか？」

と、きいた。

十津川は、事件のことには触れず、

「最近、日本人っていったい何者なんだろうかと、考えることが多くなりましてね。民族性が一番よく表れるのは戦争だと思うし、特攻だと思っているのです」

と、いった。

渡辺が微笑した。多分、他の人間からも同じようなことをいわれているのだろう。

「日本人は、今次大戦を経て、変わったという人もいれば、全く変わらないという人もいます」

と、渡辺が、いった。

「先生は、どう考えておられるんですか？」

「そうですね。日本社会は、変わっていないと思っています」

「日本社会が変わっていないとすれば、日本人も昔のままなんじゃありませんか？」

「そうですね。私の見るところ、日本社会は実力社会じゃありませんね。昔のままのコネ社会です」

「どうして、そういえるんですか？」

「私の家のうしろが、国有林なんです。杉林になっているんですが、手入れが悪くて、台風のあとには、何本もの杉が倒れているんです。それで、森林管理署に行って、早く片付けてくれといったんですが、金がないとか、人手がないといって、何もやってくれません。こちらが強くいうと、それなら、勝手に処分して構わないという。しかし、今、杉材は安いんです。勝手に処分したら、赤字になってしまいます。それで困っている時、たまたま首相が主催するパーティに出席しましてね。その時、秘書が何か困っていることがあったらいって下さいというので、例の国有林のことを話したんです。そうしたら、驚きましたね。ほどなくして、十五、六人の人間が、裏山の倒木を片付けているんです。金がない、人手がないといっていたのに、あっという間に片付けてしまいましたよ。その時、日本社会は、昔のままのコネ社会だと分かりました。何回も役所に陳情するより、政治家にコネを作った方が簡単だからです」

「他にも、何かありますか？」

「今の政府は、日本を同一労働同一賃金の社会にするといっています」

「私も、そうなって欲しいと思いますよ」

「これは、必ず失敗します」

と、渡辺は断定した。

十津川は、驚いて、

「どうしてですか？」

「この制度は、日本人に合わないからです」

「しかし、誰もが賛成だと思いますがね」

「この制度は、もともとアメリカのものなんです。イコール・ペイ・フォー・イコール・ワークという制度です。アメリカでは成功しています。アメリカ人向きの制度だからですが、日本人向きじゃないから、日本では上手《うま》くいかないと思います」

「日本人にも向いていると思いますが、違いますか？」

「ここに、公園の管理人の仕事があるとします。アメリカでは、その仕事に給料を払いますが、日本では、その仕事についている人間に払うんです」

「同じことじゃありませんか？」

十津川がきくと、渡辺は、大きく手を横に振って、

「全然、違います。アメリカは、誰がその仕事につこうと、同じ給料です。しかし、日本の場合は、その仕事に高校卒で若い人間と、大学卒で年配の人間がついた場合は、給料が違ってしまうのです。アメリカは同一労働同一賃金ですが、日本では違ってしまうのです。それが日本的ですから、それが変わるとは、とても思えないのです」

「日本人は、そんなに保守的ですかね？」

十津川は、しつこくきいた。

「もう一つ、いいましょうか。大企業で社員を募集することがあるでしょう。その時、大学卒業程度の学力と書かれていたりしますね。日本だと、大学卒業の証明が必要です。しかし、よく考えてみると、おかしいでしょう。程度と書いてあるのだから、実

際に大学卒業でなくてもいいわけです。それだけの学力があればね。ところが、日本の場合は、卒業証明書が必要なのです。いちいち学力を測るのが面倒なので、卒業証明書で間に合わせているのだと思います。多分、アメリカは違います。大学卒業程度の学力とあれば、その文字通りで、卒業証明書は必要ありません。小学校卒業でも、学力があればいいのです。その代わり、学力があるかどうかの試験をする。これだけみても、アメリカは実力の社会で、日本は肩書きの社会だと分かります。従って、私は日本には同一労働同一賃金は似合わないと思っているのです」

渡辺准教授の説明は長かったが、十津川には、肯《うなず》けるものがあった。

しかし、今、十津川が知りたいのは、太平洋戦争末期にも、日本国内に同じような社会構造が生きていたかどうかということだった。

「私は今、東京で起きた殺人事件を捜査しています。どうも、戦争末期の日本に関係があるように思える事件なのです。私は戦後の生まれなので、その頃の日本社会の状況が分かりませんが、今、先生がいわれたことが事実とすると、戦争末期も、日本的な状況が支配していたことになるんですか？」

「いや、より強く日本的なものが支配していたと私は思っています」

「どうしてですか？」

「追い詰められると、民族的な性格がより鮮明に出るからです。それも、その民族のマイナスの部分が強くなるのです。ある人は、戦争末期の日本の状況は一時的なもので、本来日本人の持っているものとは違うといいますが、私は逆だと思っているのです。さまざまな日本民族の特性が、鮮明に表れたと思いますね」

「特攻についても、同じことがいえますか？」

「私は、いえると思います」

「その遺志を、たとえば息子さんは受け継ぎますかね？」

十津川がきくと、渡辺は、

「ちょっと待って下さいよ」

と、急にさえぎって、

「ひょっとして、高橋晋太郎先生のことをいっているんじゃありませんか？」

と、きいた。

十津川は、正直に、

「渡辺先生は、亡くなった高橋先生と親しかったと聞いていますが？」

と、きいた。

「私の尊敬する先輩です。先生から教えられたことは、沢山あります。特に歴史認識についてですが、それだけに、あんな亡くなり方をされたのは、ショックでした。高橋先生のお父さんが戦時中、陸軍少佐で特攻に関係していたことは知っています。ただ、高橋先生が詳しい話をされたことはありません。私の方から聞いたこともありません。そのことをどう受け止めておられるか分かりませんから」

「高橋先生を殺した犯人に、心当たりはありませんか？」

「全くありません。人格者で、他人《ひと》の恨みを買うような方じゃありませんから」

「高橋先生の専門は、現代史でしたね？」

「そうです」

「日曜日なのに、ゼミを引き受けていて、題材は、世界史から見た明治維新でしたね？」

「高橋先生が亡くなられたので、その後を私が引き継いで、同じ題材で学生に教えています」

「ところが、高橋先生が殺される直前に読んでいたのは、ゼミで教えていた明治維新の本ではなくて、太平洋戦争の本だったということも、ご存じですか？」

「新聞に出ていたので、知っています」

「それを、どう思われますか？」

「現代史というのは、範囲が広く、明治維新から昭和、平成まで入りますから、高橋先生が太平洋戦争について研究されているのは、当然だと思います」

「しかし、戦争中、高橋先生のお父さんが陸軍少佐で、特攻に関係していたことについて、あまり話したがらなかったと、いわれましたが？」

「父上が、特攻に関係していたことが、重荷になっていたのかもしれません」

「しかし、太平洋戦争の研究もされていたんでしょう？」

「それは、高橋先生が現代史を教えておられたからだと思います。特に、父上が特攻に関係していたとなれば、辛《つら》い話も聞いていたんじゃないか。しかし、特攻の研究もしなければならない。先生は、そのために悩まれていたんだと思いますね」

「そうすると、特攻について研究していたことが、殺された理由になっていたと思いますか？」

「特攻に関係していたのは、高橋先生の父上で、先生じゃありませんよ」

「しかし、日本人の問題として、その息子に引き継がれるのではないですか？」

「それは、戦争が続いている時の話です」

「今回の犯人は、殺人のあと、現場に『大義』の文字を残しているのです。現代では、めったにお目にかからない言葉ですが、戦争中の、特に特攻にからんで、よく出てくるのです。『敵艦に体当たりして壮烈な戦死を遂げた若者は、悠久の大義に生きたのである』といった使い方です。高橋先生も、この言葉はご存じだったと思いますが、どうなんでしょうか？」

「もちろん、ご存じでしたよ。高橋先生も私も、現代史が専門なので、当然、太平洋戦争も研究しますから」

「そうなると、やはり太平洋戦争、特に特攻が犯行の動機に思えてくるのですが、違いますか？」

十津川は、再度、渡辺に質問した。

今回の殺人事件で、一番の問題は、犯人の動機だと、十津川は見ていたからである。

「分かりません。ただ、何といっても、高橋先生は、死んではいけない方でした」

と、渡辺は、いった。

第三章　知覧への旅

1

十津川には、この事件の捜査をしていて少しずつ、分かってきたことがある。それは、殺された三人の過去である。もっと具体的にいえば、彼等の父親の、あるいは祖父のことなのだ。

その時代は、太平洋戦争の真っただ中である。父親あるいは祖父は、当然のことながら戦争に関係している。もちろん、それは誰もが同じ事情である。

最初は、それは当然の話で、特別な話ではないと思っていた。

しかし、この三人の父親、あるいは祖父の問題が、ほかの家庭の問題とは少し違っていることに気がついた。

例えば、最初に殺された井崎要介である。井崎要介の祖父は、沖縄戦の特攻で死んでいた。航空特攻の死者は四千人といわれる。その中の一人なのだ。

二番目の被害者、木内愛花の場合は、祖父が戦時中、N航空の社長で、陸軍の戦闘機や爆撃機などを造っていた。

三番目の高橋晋太郎の父親は、戦争末期、陸軍の少佐で、飛行機の審査主任だったことが分かった。つまり、陸軍の軍用機の審査をしていたということになる。

簡単にいえば、戦争との関わり具合が普通の人より濃いのだ。

十津川は捜査会議の席上、そのことを口にした。

しかし、三上刑事部長は、

「殺された三人はいずれも戦後の生まれで、太平洋戦争とは何の関係もないんだろう？　祖父やあるいは父親が戦争に関係していたとしても、それが戦後生まれの子供や孫に、何か関係があるとは、私にはとても思えない。終戦で、戦争との関係は途切れたんだ。いろいろと関係があるように思うと、捜査に混乱が生じるんじゃないのか」

と、いう。

「たしかに、一見関係がないように見えます。しかし、犯人は、この三人を殺しておいて、『大義』と書いた紙を、死体のそばに置いているのです。そのまま素直に受けとれば、大義が殺人の動機と見ていいと、私は思っています。殺された三人には、大義という言葉は、直接関係ないかもしれませんが、その父親あるいは祖父は、大義が大手をふっていた時代に、その大義にふさわしい仕事をしていたわけです」

「つまり、大義に生き、大義に死ぬ。そういう時代に生きていた。そういうことか？」

「はい、そうです。被害者三人の父親あるいは祖父は、太平洋戦争の、特に陸軍に関係しているのです。最初の被害者、井崎要介の祖父は、沖縄戦の陸軍特攻で死んでいます。大義に生き、あるいは死んだのです。二番目の被害者、木内愛花は二十五歳です。もちろん、彼女は、戦争とは全く関係がありません。しかし、祖父は戦時中、N航空という会社の社長をやっていて、そこは、陸軍の軍用機を造っている会社でした。おそらく、その中には特攻機もあったのではないかと思います。第三の被害者、高橋晋太郎は六十五歳です。三人の中では最も年齢が高いとはいえ、彼もまた、ほかの二人と同じように、戦後の生まれであることに変わりはありません。しかし、高橋晋太郎の父親は陸軍少佐で、戦時中、航空機の審査を担当していました。新しく出来上がった飛行機が、試作仕様書の性能通りに動くかどうか、それを調べていたのです。陸軍、それも、航空機に関係していた人間です。こうやって、被害者の三人を見ていくと、三人の父親あるいは祖父は、戦争中に、最も華やかだった航空機に関係しているのです。それも、陸軍の航空機に直接かかわっていたのです。これは、無視できない共通点です」

「しかしだね、太平洋戦争では、日本人全部が関係しているんだよ。何しろ総力戦だったからね。どんな形であったにせよ、戦争と関係があったんだ。それに、海軍と陸軍しかないんだから、どちらかに関係しているはずだよ。殺された三人の父親、あるいは祖父が陸軍の軍用機に関係があったとしても、それは特別なことではなくて、あり得る話なのではないのか」

と、三上が、いった。

「しかし、犯人は、大義のために殺したように主張しています。そのことを考えると、三人の被害者の共通点は無視できないと思います。まず、陸軍の航空機に関係があります。その上、彼等には他にも共通点があるのです。前にも申し上げたように本人ではなくて、父親や、祖父が関係しているのです。例えば、高橋晋太郎の父親は、日本陸軍で航空機の審査主任として、戦争の末期には、おそらく特攻に使われた航空機の審査もやっていたのではないでしょうか？　こうやって見てきますと、この三人は、戦争中の陸軍特攻と関係があるように思います。そのことが殺人の動機になったのではないかと、考えているのです」

「しかし、三人は、年齢があまりにも違いすぎるぞ。当然、経験だって知識だって違うだろう」

三上が、しつこくいう。

十津川は、それに対して辛抱強く、

「私は――」

と、いった。

「私が申し上げているのは、被害者三人の共通点ではなくて、三人の父親、あるいは祖父の共通点です」

「戦争体験のことだろう？　そんなものは、この三人だけでなく、国民全部が体験している」

「問題はその先です」

「その先って、何のことだ？」

「先ほどもいいましたが、私はこの三人、井崎要介、木内愛花、高橋晋太郎の父か祖父が、特攻に関係しているのが共通点ではないかと、思っているのです。それも、陸軍の航空特攻にです」

と、十津川が、いう。可能性はあると思いながら、自信があるわけではなかった。

航空特攻で死んだ若者の人数は、陸軍で千七百三十九人といわれている。

この数字自体、大きいものである。それに、海軍の特攻を合わせると、四千人を超す。

あまりにも多くの若者が、特攻で死んでいると思う。しかし、当時の日本人の人口は、七千万人といわれる。それを分母にすると、航空特攻、それも陸軍に限定すれば、七千万分の千七百ということになる。そのくらいの低さなのだ。

その中の一人、井崎要介の祖父は、陸軍の特攻隊員として、沖縄決戦で死んでいる。

あとの二人が、どこまで特攻に関係があったのか。それを調べる必要があった。

木内愛花の祖父のN航空は、一式戦闘機・隼も製造している。隼は、特攻に使用されたことははっきりしていたが、だからといって、N航空が特攻に関係していると断定はできないのだ。N航空は、隼を戦闘機として製造していたのであって、それを特攻に使用したのは、陸軍だからである。

三人目の高橋晋太郎の父は、どうだろうか？

彼は軍用機の審査主任だった。しかし、いくら特攻の歴史を調べても、高橋陸軍少佐の名前は、出て来ないのだ。厳格な性格で、しばしば軍の上層部と喧嘩《けんか》をしていたという記述はあった。

隼や二式戦闘機・鍾馗《しょうき》などの検査もやっている。が、隼や鍾馗は戦闘機で、特攻機ではない。高橋少佐が合格にした隼や鍾馗が、たまたま特攻機として使われたとしても、彼が特攻に関係しているとはいえないだろう。

（もし、特攻に関係があるとしたら、どんなケースなのだろうか？）

それを知りたくて、十津川は、九州の知覧《ちらん》に行ってみたいと思った。

沖縄戦では、多くの陸軍の特攻機が、九州の知覧から飛び立っている。

調べてみると、知覧から出撃した特攻機は八機種である。

十津川は、まず、その機種を手帳に書き留めた。

九七式戦闘機
一式戦闘機
三式戦闘機
九九式襲撃機
九九式高等練習機
二式複座戦闘機
九八式直接協同偵察機
四式戦闘機

これだけの、さまざまな軍用機が、特攻機として知覧を飛び立ち、沖縄で体当たりしているのである。

老朽機もあれば、練習機もある。

十津川が調べたとき、岸本中尉が、「完全なる飛行機にて出撃致し度《た》い」と書き遺《のこ》していたのは、当時の先端の三式戦闘機か、一式戦闘機で出撃したかったのだろう。

この時、岸本中尉が乗ったのは、九七式戦闘機である。採用されたのは一九三七年というから、昭和十二年である。エンジンの出力は、八七〇馬力、最高時速四六〇キロ。脚は引っ込まない。隼が一一三〇馬力、最高時速五一五キロ。三式戦闘機・飛燕《ひえん》は、一一〇〇馬力、五八〇キロだから、九七式戦闘機は、ひと昔前の戦闘機である。

「完全なる飛行機にて出撃致し度い」と願うのも、無理からぬことだと思う。

念のために、十津川が調べたところ、井崎要介の祖父は、隼に二五〇キロの爆弾を積んで出撃している。

十津川は、特攻に使われた八機種を、改めて見直した。

この中の多くの機種を、Ｎ航空は製造したに違いない。

また、高橋晋太郎の父は、同じように、この中のいくつかの飛行機を審査しただろう。しかし、Ｎ航空は、特攻機として製造したわけではないし、高橋少佐も、特攻機として審査したわけではないはずである。

そうなると、犯人の「大義」の意味が分からなくなってくる。

十津川は、三上部長にいった。

「これから九州に行かせて下さい。鹿児島の知覧です。ここは戦争中、沖縄特攻で、陸軍の基地があったところです。ここから多くの特攻機が沖縄に向かって、飛び立ちました。何百人もの特攻隊員が亡くなっています。井崎要介の祖父も、この知覧から沖縄に飛んでいます。木内愛花の祖父の会社が作った軍用機、その中には当然、沖縄戦で特攻に使われた飛行機もあったはずなのです。もしそうなら、その特攻機は、九州の鹿児島からも飛び立ったはずです。高橋晋太郎の父親は、戦争末期には陸軍少佐で、飛行機の審査をやっていました。でき上がった飛行機の審査です。そして、彼が認めれば、その飛行機が特攻機となって沖縄に向かって飛んでいったのかもしれません。こうやって見てきますと、どうしても、鹿児島の知覧に行ってみたくなってくるのです。ひょっとすると、そこで今回の一連の事件の動機が見つかる可能性があると考えるのです」

この願いは許可された。

2

その日、十津川は亀井と二人で、知覧に向かった。

十月二十二日、日曜日。十津川は、わざとその日を選んだ。

東京で起きた三つの殺人事件が、十月一日、八日、十五日と、全て日曜日に起きていたからである。

鹿児島に着く。

爽《さわ》やかな秋晴れだった。九州は東京に比べれば、はるかに暖かい。

鹿児島中央駅前から観光バスが出ていた。指宿《いぶすき》や知覧を廻《まわ》る観光バスである。

もう一つ、観光バス以外に、鹿児島中央から指宿枕崎《まくらざき》線という鉄道が出ている。

この列車に乗っても、知覧に行くことができる。喜入《きいれ》で降りれば、知覧に近い。

十津川は、どちらにしようかと迷ってから、観光バスに乗って知覧に行くことにした。

日曜日で秋晴れ。そのためバスは混んでいた。バスの中も賑《にぎ》やかである。

十津川は、一瞬、目を閉じた。

今回の事件で、十津川は太平洋戦争に関する多くの本を読み、太平洋戦争を専門に研究している大学の教授に会って、いろいろと話をきいた。

太平洋戦争の末期の日本がどんなに悲惨だったか、どんなふうに人間の生死を分けていたか。そんな当時の日本の姿を、頭に叩《たた》き込んで来ただけに、十津川には、バスの中の賑やかさには違和感があり、それは軽い目まいを感じさせるものだった。

そこにあるのは格差である。

（この賑やかな話し声、そして笑い声。ここから戦争の記憶は全く消えてしまっている）

と、十津川は感じた。

戦争の思い出が殺人事件を生むようなことは、ないのではないのか。ほとんどの日本人が戦争を忘れている。そんな時に、戦争が原因で殺人が起きるものだろうか。

バス停で乗客がどっと降りる。十津川もつられて降りた。

武家屋敷入口のバス停だった。

降りた乗客は、パンフレットを持っていた。

「知覧武家屋敷庭園、大河ドラマ『西郷《せご》どん』のロケ地」と書かれたパンフレットである。八百メートルにわたって知覧武家屋敷庭園群があると、紹介されている。

そのパンフレットには、「知覧特攻平和会館」の場所も紹介されているのだが、主役はあくまで知覧武家屋敷であり、大河ドラマ『西郷どん』だった。

ＡＭ10：00から、ＰＭ4：00まで、車両通行止めの注記もある。全て、大河ドラマの影響なのだ。

そこに、十津川が考えていた知覧はなかった。

ふと、戦争を飛び越えて、今のテレビドラマの世界に入ったような気がした。

観光客たちは、パンフレットに従って歩き、写真を撮っている。

十津川は、そういう気には、なれなかった。

武家屋敷は面白い。大河ドラマのロケ地となれば、なおさらである。

鹿児島まで来て、知覧の特攻基地に戦争を思うより、テレビドラマのロケ地を見て廻る方が、ある意味、健全なのかもしれない。

そんな思いで、十津川は観光客と一緒に歩いた。

武家屋敷の途中に、西郷《さいごう》さんの大きな肖像画が飾ってあった。おごそかな大西郷ではなく、少しマンガチックな西郷さんである。

観光客の中には、その肖像画と並んで、写真を撮っている者もいた。

悲劇の主人公の西郷さんではなく、微笑している西郷さんである。

太平洋戦争と関係のない西郷さんであり、西南戦争にも関係のない西郷さんだった。

十津川は、奇妙な気がした。全てを平和にならしてしまった西郷さんである。

知覧基地の方も、今は、平和の中に組み込まれてしまっているのではないかと思った。

3

十津川と亀井は、特攻平和会館に向かって歩いて行った。

徐々に、周囲の景色が変わってくる。

道路の名前も、平和祈念通りになっていった。

平和と特攻という文字が多くなる。どこかで、その二つの言葉をつなげようとしているのだろう。うまくつながったと思う人もいれば、無理だと思う人もいるだろう。

南九州警察署の前を通って、国道二七号線を歩いて行くと、そこが、十津川の知りたかった知覧だった。

十津川が持ってきたパンフレットは、戦争の記憶であふれている。

①出発線の碑（石碑）　特攻機が出撃する時、滑走帯脇で待機し、出撃の指示を待つところだという。

②戦闘指揮所跡（石碑）　木造の建物があって参謀など司令部要員が詰めていた。

③なでしこ隊見送りの地　知覧高等女学校の生徒たちには、特攻隊や掩護《えんご》部隊への奉仕が命じられていた。昭和二十年四月、出撃する特攻機を、八重桜の枝を振って、女生徒は見送ったという。

④対空無線通信施設跡（石碑）

⑤三角兵舎跡（石碑）　空襲を避けるため、飛行場から少し離れた松林の中に三角兵舎が造られた。ここで、特攻隊員たちは、出撃までの数日を過ごした。

⑥掩体壕《ごう》　空襲の時、飛行機を守るために作られた飛行機のシェルター。

⑦集団司令部跡（石碑）　特攻隊の司令部が、山の斜面に作られていた。

⑧大刀洗《たちあらい》陸軍航空廠《しょう》　知覧分廠跡　故障機の修理、補給部品の製作などをやっていた。

⑨山砲座跡（猿山）山頂から飛行場を一望でき、はるか彼方《かなた》に開聞岳《かいもんだけ》を望める。特攻機は、開聞岳を見てから、沖縄に出撃したといわれている。

⑩一式戦闘機「隼」平成十九年に映画『俺は、君のためにこそ死ににいく』で、忠実に復元された陸軍戦闘機。

⑪特攻勇士の像　昭和四十九年に建立。

⑫鳥濱《とりはま》トメの灯ろう　彼女は、特攻の母といわれた食堂の女主人。

⑬着陸訓練施設

⑭防火水槽　三基あった。

⑮給水塔　飛行場は台地にあったので、水の苦労があった。川から取水し、高架式タンクに貯水した。高さ十三メートル直径六メートル。

⑯知覧飛行場正門

いたるところに、陸軍特攻基地「知覧」が点在している。

その端に、ミュージアム知覧と、知覧特攻平和会館があった。

平和会館。ここに入ると、そこまでの光景が一変する。それまで賑やかだった観光客も、急に、言葉少なになる。

ここに飾られているものは、全て死者のものである。

特攻に使われた零戦が飾られている。錆《さ》びて壊れた、零戦の残骸《ざんがい》である。そこにあるのは戦闘機零戦ではなく、特攻機零戦なのだ。

この知覧基地から、百二十機の隼が、特攻機として出撃したとあった。

戦闘機として飛び立った時とは、どう違っていたのだろう？　戦闘機としてではなく、特攻機として飛び立つ時の若いパイロットの気持ちが、十津川には分からない。かつて特攻機が飛び交っていた飛行場跡である。そこには、特攻に飛び立っていく若者たちが目にしたであろう給水塔や弾薬庫の跡がある。

平和会館の中には、知覧から飛び立って死んでいった特攻隊員の遺品や、写真が並んでいる。一緒にバスを降りた観光客は、さすがに神妙な顔で黙って見ていた。日常の世界から違った世界に入ったような、そんな感覚になるのだろう。何といっても、死者からのメッセージなのだ。

十津川も亀井も黙っていた。

若いパイロットの笑顔、彼らのさまざまな写真がある。出撃前に子犬とたわむれている隊員たち。日の丸に寄せ書きをしている隊員たち。別れの杯を酌み交わしている若者たち。腕相撲に興じている若者たち。出撃直前に食事をしている若者たち。そして、その出撃を見送る女学生たち。

そこに写っている若者たちが笑顔なのが、逆に悲しい。

そのほか、隊員たちの遺書、絶筆がある。

色紙に筆で書かれた遺書というのか、そこには「悠久の大義に生きる」という文字もあった。

その前に立つと、十津川は、言葉を失ってしまう。

沖縄戦で特攻死した若者の数は千三十六名。その半数近くが、この知覧から出撃している。

知覧特攻平和会館の建物の外に出ると、十津川は、小さくため息をついた。

建物の外には、この知覧特攻平和会館を作った趣旨が書かれている。

「陸軍特別攻撃隊員の遺影や遺品、記録などを展示して当時の心情を後世に伝え、世界の恒久平和を祈念するものである」

しかし、平和を祈念するという言葉と会館の中の空気とは、あまりにも違っていた。

あの写真、遺書、遺言などを見ながら、恒久平和を祈念できるものなのだろうか？

それよりもむしろ、しばらくは何も考えられなくなってしまうのではないのか？

十津川は、初めてこの知覧に来て、あまりにも重たいその空気に戸惑っていた。

亀井刑事も、しばらくの間、黙っていた。二人は黙って歩き、黙って知覧特攻平和会館から離れた。

観光客の一行は、待たせてあった観光バスに乗り込んで、次の観光地に向かって行った。

だが、十津川と亀井はバスには乗らず、無言で歩き続けた。しばらくすると人家が見えてきて、カフェがあった。二人はそのカフェに入ってコーヒーを頼んだ。過去から、やっと現代に戻ってきたような感じがした。

コーヒーを飲む。

「殺された三人も、ここに来たのかもしれませんね」

と、亀井が、いった。

「そうかもしれない。そして犯人と出会ったのかもしれないな」

「そうすると、犯人の父親か祖父も同じように、この知覧から、特攻隊員として沖縄に飛んだのかもしれませんよ」

「それなら、同じような気持ちを持っているわけだから、父親や祖父のことを話し合ったんじゃないだろうか。殺人は起きないはずだ」

「意見が食い違ったんでしょうか？」

と、亀井が、いう。

「意見が違うということが、あり得るだろうか？　私は見ているだけで圧倒されて、何も考えられなくなった」

　と、十津川が、いった。

「特攻、特に航空特攻については、一つの言葉や、あるいは考えができ上がっています」

　と、亀井が、いう。

「私も聞いたことがある。死んだ若者たちの精神は崇高である。だが、作戦としては外道だ。間違っている。これが特攻についての、決め手になっている。この言葉から殺人は生まれてこないような気がするが」

　と、十津川が、いった。

「そうですね。今、警部がいわれた、特攻で死んだ若者の精神は崇高である。しかし、作戦としては外道である。間違っていると。これ以上に特攻を評価する言葉というのは、ちょっと、考えられませんね」

　と、亀井が、いう。

　彼は続けて、

「実は、私の家族や親戚《しんせき》の中に、特攻隊員がいなかったかどうかを調べてみたんですよ。そうしたら、遠い親戚に一人だけいました。海軍ですから、鹿児島の知覧ではなくて、鹿屋《かのや》基地にいたらしいのですが、特攻に出る直前に戦争が終わって、命拾いしたそうです」

と、いう。

「私の一族には、特攻隊員はいなかったらしい」

と、十津川はいった後、しばらく考え込んでいたが、

「カメさん、もう一度、平和会館を見に行こう」

と、突然、いった。

カフェを出て、ゆっくりと平和会館に向かう。十津川自身、なぜ戻る気になったのか、はっきりしていなかった。ただ、もう一度見なければいけない、そんな気分になったのである。

入り口でもう一度料金を払って、二人は中に入った。十津川は、最初の時よりも少し落ち着いた気分で、そこに飾られているものを見ていった。

一枚の色紙の前で、足が止まる。

井崎要介の祖父の遺言である。

「この重要時局に、悠久の大義のために死ねるとは、こんな幸福なことはありません。後に続く者を信ず。靖国《やすくに》で会おう」

死んだ時の年齢は二十一歳。その色紙の前で、十津川は、しばらく立っていた。

井崎要介の祖父は、どんな気持ちでこの色紙を書き、そして、特攻機で突っ込んでいったのだろうか？

殺された井崎要介は、この記念館に来て、この色紙に書かれた遺言を見たことがあるのだろう。

たぶん犯人は、この色紙を見ていると思った。犯人はいったいどんな気持ちで、色紙を見たのだろうか？

そこに共感があったのか、それとも、違和感があって、それが殺人につながっていったとしたら、どんな違和感だったのか。十津川は、それが知りたかった。

しかし、眼の前の色紙には、その答えは書かれていない。ただひたすら「悠久の大義のために死ねる」とだけ、書いてある。

そして、犯人は、井崎要介を殺した後、そのポケットに「大義」と書いた手紙を入れて立ち去っているのである。

その時、犯人は、いったい何を考えていたのか。

十津川は、ため息をついて、

「分からないことが、あまりにも多すぎる」

と、呟《つぶや》いた。

4

ここには、特攻隊員の残したものだけではなく、特攻隊員の母の銅像もある。

そちらは見ずに、十津川は、特攻隊員の遺書と写真と遺言を見ていった。

「特別攻撃隊の一員として、悠久の大義に生きる、これにすぐる喜びはありません」

「遺書は別に書きません。死生命あり」

「いよいよ出発。沖縄沖の戦果に期待あれ」

「お父さん、お母さん、私には何一つ思い残すことはありません。ただ、お国のために立派に努めることのできる喜びでいっぱいです」

「お父さん、お母さん。おやすみなさい」

「いろいろ書きたいことのみですが、いくら書いてもきりがありませんから、これでやめます。二十年間、本当にありがとうございました」

「小生、必ずや大きな戦果を挙げてみせます。沖縄沖の戦果にご期待ください」

「天皇陛下万歳。日本男児として、本懐、これにまさるものはございません」

「大義のもと、喜んで体当たりをいたします。必ず轟沈《ごうちん》の報をお知らせします。では、もう何も思い残すことはありません」

十津川は、ゆっくりと、館内を歩いた。さまざまな言葉がある。たぶん特攻で死んだ若者たちには、さまざまな思いがあったことだろう。

そして、悠久の大義という言葉で納得していたのだ。それだけ戦争中の若者は純粋だったのかもしれない。

その時は、大義という言葉に死を納得させる力があった。ある意味幸福だったのかもしれない。

今の十津川たちには、一言で死を納得させられるようなものはない。

十津川は疲れて、指宿に向かい、ホテルに入る。ホテルで夕食を取った後、ロビーで亀井と話し合った。

「いよいよ、今回の三つの殺人が、この知覧と、関係があるような気がしてきた。犯人は間違いなく、この知覧で被害者と会っているだろう」

と、十津川が、いう。

「しかし、警部。ここでは殺人は行われていませんよ。そうすると、ここで会った時には、犯人には、殺意はなかったのではありませんか？」

「その後も、犯人と被害者は会っていると思う。そして、話し合っているんだ。その結果、犯人は、三人に殺意を抱くようになったんだろう。いったいどんなことがあったのか、なぜ殺意を持つようになったのか、何としてもそれが知りたい」

「警部は、そのことと特攻が関係していると思われるのですか？」

と、亀井が、きいた。

「思っている。平和会館に祀《まつ》られている英霊たちは、ある意味でいえば、悠久の大義に生きたんだ。その悠久の大義が、殺人の動機になっているのだと、私は思っている」

と、十津川が、いった。

「私も同感です。殺人の動機は、それに違いありません」

「しかし、犯人が、被害者の三人と同じ時に会ったとは思えない。そうならば、何か証明できるようなものが残っているはずだが、今のところ、それは見つかっていないんだ」

と、十津川が、いった。

「それでは、別々に犯人と会ったということですか？」

「そうだよ。この三人の間には、たぶん面識はないんだ。お互いに親しくしていたとは、思えない。親しかったら、捜査の段階でお互いの名前が出てくるはずだ。だが、井崎要介の友人や知人に会った時、ほかの被害者の木内愛花や高橋晋太郎の名前は、出てきていない。木内愛花の時も同じだ。両親から井崎要介や高橋晋太郎の名前は、出てきていないんだ。だから、知覧で会ったとしても、犯人は、三人と別々に会っているんだ」

「私には、そこが分からないんですよ。別々に会っているのに、なぜ同じように、犯人はこの三人に殺意を持ったのでしょうか？　それが分かりません」

亀井は、首を傾げている。

「だから、動機だよ。動機が分かれば、犯人も、自然に浮かび上がってくるんだ」

と、十津川は、続けて、

「東京に帰って、もう一度、三人の家族に会ってみよう」

5

東京に戻ると、まず、井崎要介が働いていた中央新聞本社に行き、上司のデスクにもう一度会った。

「九州の特攻基地、知覧に行ってきました。井崎さんのお祖父《じぃ》さんの特攻隊員が書いた色紙もありました。悠久の大義のために死ぬ、と書いてありました」

十津川がいうと、デスクは、

「たぶん、その言葉で自分を納得させていたんでしょうね」

と、いった。

「ほかに、井崎さんのお祖父さんのことで、何か知っていることはありませんか？」

「この前、井崎の御両親から聞きました。特攻隊員は、何の迷いもなく、敵艦に体当たりしたといわれていますが、井崎君のお祖父さんは、死ぬ直前、特攻は間違っているといっていたそうです。肉体と精神の狭間《はざま》で苦しんでいたのではないでしょうか。航空士官学校に入ったぐらいですから、飛行機の操縦を希望していただろうと思います。戦闘機による戦いも楽しかったでしょう。ただ、特攻だけは、不満だったのではないかと思いますね。航空士官学校で学び、そして、中国戦線でも戦ってきた。その技量を存分に発揮したかった。自信があったと思うのです。それなのに、死ぬための操縦になってしまった。そこが不満だったのでしょうね。色紙には悠久の大義のために死ぬと書いていましたが、特攻は間違っていると、友人にいっていたそうです。両方とも本音だったと思いますが、その両方で悩んでいたに違いありません」

と、デスクが、いった。

十津川と亀井は、次に木内愛花の両親に会った。父親は現在、N自動車の社長で、その父親が戦時中はN航空という会社を経営。日本陸軍の飛行機、戦闘機、爆撃機、偵察機などを製造していた。

社長の木内は、戦争中、自分の父がN航空の社長だったことについて、もう一度、詳しく話してくれた。

「自分の会社で造った多くの航空機、例えば、一式戦闘機・隼が特攻機になって、二五〇キロの爆弾を積んで敵艦に突っ込んでいきました。そのことを、父は悩んでいたようですが、実はもっとほかに悩んでいたことがあったのです」

と、木内がいって、見せてくれたのが、知覧の飛行場にずらりと並ぶ、戦闘機の写真である。

「ここに並んでいるのは、N航空が造った陸軍の戦闘機です」

と、いう。

「これだけずらりと並んでいると、壮観ですね」

と、亀井が、いった。

十津川は写真を見ながら、知覧でのことを思い出して、

「ここに並んでいる飛行機は、隼とは違いますね？」

と、いった。

「ええ、違います。これは、特殊攻撃機の剣《つるぎ》です」

と、木内がいう。

「この飛行機は、どうしたのですか？　知覧から、全機が特攻機として沖縄に飛んでいったのですか？」

「それが違うのです。戦争の末期になると、父がやっていたN航空にも、陸軍から特攻専門の飛行機製造の依頼があったのです。そこで造られたのが、この写真に並んでいる剣という特別機です」

「しかし、剣という名前の飛行機は知りませんね」

「それは、剣が出撃しなかったからでしょう。特殊攻撃機、つまり、特攻専門の特殊な飛行機だったにもかかわらず」

木内は、何枚もの大きな写真を十津川と亀井に見せてくれた。大写しになった特殊攻撃機の剣である。

よく見れば、隼とは明らかに違っている。隼のような優雅な、いかにも戦闘機といったスタイルではないのだ。翼は短く、胴体も貧弱である。その上、エンジン部分が大きく膨らんでいて、頭でっかちで性能も悪そうである。

「特攻専門の飛行機だといわれましたね？」

十津川は、確認するように、きいた。

木内は、一瞬沈黙してから、次に吐き出すように喋《しゃべ》り出した。

「本土決戦に備えて、日本陸軍は父のＮ航空に、資材が少なくてすむ、徹底的に簡素化した小型攻撃機を造るように要求してきました。キ一一五の名称で試作発注してきたのです。その後、陸軍航空本部は、爆弾を投下できる機体ではなく、爆弾が固定された機体を要求してきたのです。この時点で、キ一一五は、明らかに体当たりの特殊攻撃機と分かりました」

「その特別機を造るのに、ためらいはなかったのですか？」

「一億総特攻といわれた時代ですよ。Ｎ航空はすぐ設計作業に取りかかりました。一月二十日に発注されて、三月五日には、一号機を完成させました。陸軍の要望どおりの安あがりの特殊攻撃機です」

「写真で見ても、簡素化した機体に見えますね」

「まず、エンジンは、搭載価値のなくなった空冷十四気筒の『ハ一一五』です。胴体は真円断面とし、骨組み外板はブリキ板です。主翼はジュラルミンにしましたが、全幅はわずか八・五七メートル、面積一二・四平方メートル、極端に小さいサイズです。フラップもつけていません。垂直・水平安定板は木製、方向舵《ほうこうだ》・昇降舵は木製骨組みに羽布を張りました。操縦室を覆う風防は前方固定部分のみで、後方は側面に小さなガラス窓を設けて、金属板で覆っただけです。その前方固定風防の正面ガラスを貫く形で、体当たり用の照門が前方に突き出しています。操縦席には、速度計、高度計、旋回計、回転計、羅針儀など、必要最小限のものが、八箇ついているだけです。操縦《そうじゅう》桿《かん》、座席、床は全て木製です。生還は期さない片道飛行なので、引込み式の主脚は必要ないとして、主翼の下面に金具で支柱の車輪だけ取りつけ、離陸すると投棄することになっていました。爆弾は胴体下面を凹《へこ》ませて固定しました。計画では、五〇〇キロから八〇〇キロの爆弾を固定することになっていましたが、実際には、二五〇キロ以上を積むと、離陸できませんでした」

木内は、話しだすと止まらなかった。今まで黙っていたことが、よほど辛《つら》かったのだろう。

十津川が黙って聞いていると、木内は喋り続けた。

「完成した一号機は、すぐテストを受けました。が、重大な欠陥があって、普通のパイロットでは、操縦は難しいことが分かったのです。まず、離陸が難しい。操縦席が後方にあるので、滑走を始めると、前方がほとんど見えないのです。滑走中、地面のわずかな凹凸でも、ショックアブソーバーのない主脚は、ショックをそのまま機体に伝えて、転覆の危険が出てくるのです。やっと離陸しても、翼面荷重が高いので上昇は緩慢、水平・旋回飛行のいずれも横安定が悪く、常に、補助翼、方向舵、昇降舵を操作していないと、正常に飛べないのです。着陸も難しく、機首上げの姿勢で着陸しようとすると、前方が見えないのです」

「どうして、そんな物騒な飛行機になったんですか？」

「設計を急ぐあまり、模型を使っての風洞実験をしなかったからです。模型みたいな飛行機だから、簡単に造れると甘くみたせいです」

「それなら、製造は中止になったでしょうに、知覧と思われる飛行場に、ずらりと並んでいる写真がありましたが」

　と、十津川が、きいた。

「ところが、陸軍はその時点で、キ一一五の量産をN航空に命じていたのです」

「そんな欠陥機をですか？」

「そうです。すでにアメリカ軍に対して、特攻による攻撃をしていましたから、たとえ欠陥機でも、一機でも多く欲しかったんです。だから、設計の段階から、陸軍は量産をN航空に命じてきたんです。そこで、N航空は、キ一一五剣の量産に入りました。

制式採用の目星がつかないのに量産体制に入るのは異常ですが、陸軍はキ一一五剣の戦線投入しか目に入らなかったんですよ」

「それで、何機製造されたんですか？」

「百機以上です」

「そんなにもですか？」

「軍部は、キ一一五剣に、戦闘の挽回《ばんかい》を賭《か》けたんですよ」

「それで、知覧にこのキ一一五剣が、ずらりと並んでいたんですね？」

「一機一艇なら、百隻以上のアメリカ艦を沈められると思ったのです。欠陥機ですが、陸軍参謀本部や、航空本部は、この剣に強い期待を抱く。N航空は、それに応《こた》えて、剣を製造したんです」

「しかし、N航空の社史を調べても、このキ一一五剣のことは、一行も書かれていませんね？」

「それは、審査で不採用になったからです」

「百機以上も造られたのにですか？」

「そうです」

「理由は？」

「わからず屋の審査主任のせいです」

「陸軍の審査官ですか？」

「そうです。陸軍の上層部が、沖縄戦で使いたいといっていたのです。昼夜兼行で造ったのに、審査主任はテスト飛行で一機も合格にしなかったのです。だから、N航空の社史では、幻の飛行機になっているのです」

と、愛花の父親は、いった。

その時、十津川の脳裏に高橋晋太郎の名前が浮かんだ。

確か、高橋の父親は終戦時、陸軍少佐で、航空機の審査主任だと聞いていたのだ。

十津川は、三人目の犠牲者、高橋晋太郎の長男に会うことにした。

6

長男の名前は高橋進《すすむ》。三十五歳で、大学の准教授だった。父親と同じく、現代史を教えていた。

十津川と亀井がS大に訪ねて行くと、高橋は、学内のカフェで会ってくれた。

十津川が、前もって用件を伝えておいたので、高橋はすぐ持参した段ボール箱を開けて見せた。

中に入っていたのは、陸軍の隼を始めとする各種軍用機の写真だった。剣の写真もあった。全てモノクロである。

「たしかに、祖父は戦時中陸軍少佐で、軍用機関係の仕事をしていました」

と、高橋は、いった。

「完成した軍用機の審査ですね」

「審査主任でした。実際に自分で飛んでみて、合格、不合格を決めていました」

「戦時中、N航空で製造した特殊攻撃機・剣の審査も担当されていると聞きましたが、本当ですか？」

「その通りです。その頃の日記も残っています」

「その剣という飛行機は、全部で百機以上造られたというのですが、それを高橋陸軍少佐が審査されたのですか？」

「何しろ、戦争末期の人手のない頃でしたから、N航空で造られたキ一一五剣も、祖父の高橋陸軍少佐が審査したはずです」

「それで、日記は公になっていないですね？」

「ええ。当時の日記を見ますと、前途有望な立派な若者たちを、こんな飛行機で死なせるわけにはいかないと書いています。陸軍の上層部は、とにかく沖縄決戦が近づいているから、審査に合格させて飛べるようにしてくれと、祖父に圧力をかけてきたこともあったようです。しかし、それに対して祖父は断固として、それはできない、訓練の段階で若者たちを死なせるわけにはいかないといって、合格させなかったそうです。祖父にいわせると、こんな飛行機を飛ばしたら、途中で五十パーセントが墜落してしまう。アメリカの戦闘機に遭ったら、四十五パーセントが撃墜されてしまうだろう。機銃をつけていないからです。百機飛ばして、アメリカの艦隊に近づけるのはたったの五機だけ。それも、対空射撃で全機が撃墜されてしまう。だから、百人の若者を無駄死にさせることになると、日記には、そう書いてありました」

「それなら、多くの若者が死ななくて済んだことになりますね」

「そうですね。祖父は戦後になって死んだのですが、死ぬ時に、自分に誇れることがあるとすれば、若者を無駄死にさせなかったことだけだといっていたそうです」

　これが被害者、高橋晋太郎の長男、高橋進がいった言葉だった。

　捜査本部に戻ると、十津川は、亀井にいった。

「ここに来て、やっと何かが見えてきたような気がする。犯人の動機が想像できるようになったんだ。殺された三人の父親、あるいは祖父はいずれも、何らかの形で陸軍の航空機と結びついていたし、陸軍の特攻と関係があったんだ。またそのことが三人の殺された理由になっていたんだ」

　と、十津川が、いった。

　その日の捜査会議で、十津川は、自分の考えを三上刑事部長に伝えた。

それでも、三上は納得しなかった。

「今、十津川君のいったことは、どれもこれも戦時中の話だろう？　それも戦争末期の沖縄戦の頃の話だ。それに対して、殺された三人は、いずれも戦争を体験していない。戦争については何も知らない、戦後生まれの人間たちだ。それなのに、なぜ犯人は、特攻問題で、三人を殺したんだ？　理由が全く分からないじゃないか」

「しかし、歴史というものは、終戦で途切れるものではないのではありませんか？　どこかで、その子孫とつながっている。犯人のほうも、同じように過去を引きずっている。それで、引きずり合っていた戦争が原因で、今回の殺人事件が起きたのだと、私は確信しました」

「それは、いつ確信したんだ？」

「亀井刑事と一緒に、知覧に行った時です。特攻基地だった鹿児島県の知覧です。そこから多くの若者が特攻で飛び立ち、死んでいます。あの場所は、実に異様な空間です。あの空気が今回の殺人事件を生んだのだと、実感しました」

と、十津川が、いった。

「それで君は、いったいどんな犯人を想像しているんだ？」

と、三上刑事部長が、きいた。

「それはまだ分かりません。歳を取っているのか、それとも若いのか、どんな仕事をやっているのか、今の段階ではまだ、容疑者の顔が具体的には、浮かんでこないのです。分かったのは、この犯人は、どこかで特攻とつながっているということです。父親か兄弟、祖父、あるいは親戚《しんせき》の中に、陸軍の特攻隊員がいて、あの知覧から、沖縄戦に出撃していったのです。これだけは、確信が持てました。間違いなく犯人は、知覧や陸軍の特攻と関係がある人物です」

「しかし、そういう家族というのは、多いんじゃないのかね。知覧から飛び立っていった特攻隊員は、全部で、四百人を超えているんだろう？　本人だけではなくて、その家族、その子孫を合わせると、いったい何人いると思っているんだ。千人以上はいるんじゃないのかね。その一人一人を捜して歩くのか？　見つけて、あなたは知覧に行って何かを考え、東京に戻って三人を殺しましたかと聞くのかね？」

三上は、少しばかり苛《いら》ついたような声で、十津川を責めた。

「たしかに面倒な事件かもしれません。が、私の確信は変わりません」

と、十津川は、改めていった。

第四章　生と死

1

十津川は考える。十月二十二日には何も起こらなかったが、今度の事件で犯人は三人を殺し、死体のそばに「大義」と書いた紙を置いていった。明らかに、犯人は大義で人を殺すことができる。そう考えている人間だろう。犯行方法からして老人とは思えず、犯人は大義が人を殺していた時代に生きていたわけではないだろう。したがって、犯人は、戦後になって、戦争を勉強し、戦時は大義のためには人を殺してもいいことを学んだのだ。

十津川は、自分に何度も言い聞かせる。戦後の生まれの犯人は、大義が人を殺してもいい時代に生まれ、生きていたわけではない。学んで、大義が人を殺す時代を知ったのだ。それを、戦後七十年経った今でも、大義で人を殺せると錯覚したのだろうか？

　それに対して、殺された三人の方は、大義で人が殺せるとは、思ってもいなかっただろう。特に二番目の被害者、若い二十五歳の女性など、「大義」という言葉すら知らなかったに違いない。

　最初の被害者、井崎要介三十歳はどうだろう。新聞記者という仕事柄、また祖父が特攻で死んだことから、大義という言葉自体は知っていたかもしれない。しかし、自分が生きている現在、大義で人を殺せるとは思わなかったに違いない。

　三番目の被害者、高橋晋太郎六十五歳。大学の教授で、専門は現代史。したがって、大義が人を殺せる時代のことを知っていたはずである。ただ、彼自身も戦後の生まれである。大義という言葉は知っていただろうが、それで人を殺せるとは思っていなかっただろう。何しろ、七十年も平和だったのだ。殺人でしか生き甲斐《がい》を得られない感じの犯人と、この被害者たちとの落差。どうしてそんなものが生まれたのか。十津川は、それを知りたかった。

　そこで、十津川は、上司の三上刑事部長に、

「もう一度、鹿児島に行かせて下さい」

　と、要請した。

「もう一度、特攻平和会館を見たいのか？」

三上が、きく。この三上も、大義で人を殺せるとは思わない世代の人間である。

「平和会館には、先日行ってきました。あそこへ行くと、人間が変わります。ですから、今回は鹿児島の現代を、死ぬことのない、大義で人を殺したりしないような、現代の鹿児島を見てきたいんです」

「そんなものを見て、どうするんだ？」

「犯人と、被害者の落差を感じたいのです」

と、いった。三上は渋い顔をしたが、それでも、鹿児島行きは承知してくれた。

今回は亀井刑事を連れず、若い女性刑事、北条早苗を連れて行くことにした。

まず、羽田《はねだ》から飛行機で鹿児島まで飛ぶ。その機内で、十津川が若い早苗にきいた。

「鹿児島に着いたら、どこへ行きたいかな」

「私は、殺人事件の捜査をやっていて、この捜査には、知覧の特攻基地が関係していると思っていますので、今ならば知覧に行ってみたいと思いますが、観光なら指宿枕崎線に乗ってみたいと思います。指宿に行って、砂風呂《すなぶろ》に入ってみたいからです」

と、いった。

「今日は、事件のことは忘れてもらいたいんだ」

「それなら問題なく、指宿枕崎線に乗りたいですね。そして、桜島《さくらじま》を見たり、砂風呂に入ったりしたい。そう思います」

「じゃあ、鹿児島に着いたら、指宿枕崎線に乗ろう」

と、十津川は賛成した。

空港からはバスでＪＲの鹿児島中央駅に行き、そこから指宿枕崎線に乗ることにした。天気は快晴で、駅には多くの観光客が集まっていた。

彼らが待っていたのは、指宿枕崎線を走る観光特急、「指宿のたま箱」である。観光客に人気があるらしい。何しろ、車体の半分を黒、半分を白に塗った奇妙な外観である。名前のたま箱は、この指宿枕崎線沿線にある、薩摩《さつま》半島の最南端の岬、長《なが》崎鼻《さきばな》が浦島太郎《うらしまたろう》伝説の発祥の地として知られていて、それにちなんでの命名だという。

観光客たちは、その列車を待っていて、乗り込んだ。十津川と早苗の二人も、指定席券を買って乗った。

二両連結。特急では珍しいワンマンカーである。列車名の由来が浦島伝説の玉手箱にあることは、始発駅の鹿児島中央を発車した時に実感できる。玉手箱の煙よろしく、蒸気を噴射してから発車するからである。

車内も、観光に徹している。チーク材を使った座席。一人掛けもあれば、四人掛けのボックス席もある。海側には子供席があって、そこは子供用の展望座席に作ってある。

アテンダントがいて、車窓からの風景の説明をしてくれる。観光の中心地である指宿までしか運行していないし、途中は喜入しか停まらない。

指宿枕崎線の路線長は八七・八キロである。指宿のたまて箱号は、その全線ではなくて、指宿までの四五・七キロを走る。特急の走る区間としては、短い方だろう。それも、観光に徹しているのである。

指宿に着いてドアが開くと、途端に、また玉手箱の白い煙が噴出した。もちろん、本物の玉手箱の煙ではなくて、作られた霧である。それでも観光客は喜んでいる。

駅前には、ホテルへ行くバスが待ち構えていて、指宿のたまて箱号に乗ってきた観光客たちはそのバスに乗って、ホテルへと消えていった。たぶん、彼らの頭の中にはコバルトグリーンの海と、砂風呂しかないだろう。

十津川と早苗の二人は、指宿の駅から、普通列車で終点の枕崎まで行くことにした。指宿までは列車が多いけれど、その先、終点までは本数が少なくなる。だが、車窓の景色は豊かなままである。延々とコバルトグリーンの海が続いているし、開聞岳がいつまでも見えていた。

終点の枕崎に着くと、駅前には「本土最南端の始発・終着駅」と書かれた碑が建っている。事件を捜査している十津川も一瞬、本土の最南端へ来たのだという思いにとらわれた。

枕崎は、鰹節《かつおぶし》で有名な町である。そこには知覧の影はない。ひたすら現代があり、人々は現代の中で働き、観光のためにやって来るのである。二人はしばらく枕崎の町を歩いたあと、指宿に戻ることにした。

指宿の駅前には、バス停があって、バスの行先が書いてあるのだが、知覧も入っていた。バスに乗る人たちに、早苗が行先をきいた。返ってくる言葉の中に、知覧に行くという言葉は、ほとんど聞けなかった。たぶん、知覧は次第に忘れられていくだろうし、それが平和というものである。もちろん、十津川と早苗は、バスに乗って知覧へは行かず、近くのホテルにチェックインした。

指宿周辺のホテルの名物は、海産物と、そして何といっても、砂風呂である。十津川たちも、浴衣《ゆかた》を着て、他の観光客と一緒に砂風呂に案内された。

海岸の方を見ると、砂浜から湯気が立っている。観光客の一人が飛びだしていって、その砂地に手をつき、

「熱い」

と大声を出し、それで他の観光客が大笑いした。十津川も仰向《あおむ》けに寝て、砂をかけてもらった。

十津川の隣には、中年の男性が砂に埋まっている。体は動かないが、声をかけられた。

「東京ですか？」

と、男がきく。

「東京です」

と、答える。

「私はね、もうこれで十回目ですよ。海を見ながら砂風呂に入る。砂風呂に入ると、腰痛が治りましてね。それで、毎年一回は指宿へ来るんですよ」

「他の場所には、いらっしゃらないんですか？」

「他に、何かありましたかね？　ああ、桜島がありましたね」

と、男がいう。

「近くに、知覧という昔の陸軍の飛行場がありますが」

と、十津川がいうと、

「ああ、忘れていました。知覧ですね。一度行ってみなきゃいけないなと思っていたんですが、忘れてましたよ。今回は、帰りに寄ってみましょう」

と、男がいった。

砂風呂の後、十津川と早苗は温泉に入り、ロビーで一緒になった。

「女性の砂風呂は、どんなだった？」

と、十津川がきいた。

「若い女性客ばかりで、キャーキャーうるさかったですよ。でも、楽しそうだった。

あの調子だと、また来ますね」

「知覧の話は出なかったのか？」

「全く出ませんでした。若い女性たちは、指宿に来ていても、知覧のことは、頭にないみたいですよ」

と、早苗がいった。たぶんそういうものだろうと、十津川は納得したが、その先が納得できないのだ。納得できないのに、なぜ殺人が起きたのか。それを知りたいのだ。

「私たちは、明日どうしますか？」

と、早苗がきいた。

「バスで観光地を廻《まわ》り、最後に知覧に行ったあと、東京に帰る」

と、十津川が答えた。

翌日。十津川は、指宿枕崎線の西大山《にしおおやま》駅と喜入駅に寄ってから、バスで知覧に向かうことにした。まず、西大山駅である。

無人駅である。ただ、何人かの乗客が降りて、しきりに駅の写真を撮っていた。ここには、二つの売り物があるからだ。「ＪＲ日本最南端の駅」の標柱と、それから目の前にそびえる開聞岳である。この二つで有名な駅といってもいいのかもしれない。

十津川は、ホームで写真を撮っている観光客に声を掛けてみたが、このあと知覧に行くという人はいなかった。その後、十津川たちは、指宿枕崎線で喜入に行った。世界最大級のいわゆる石油の備蓄基地がある。車窓からも、巨大な石油タンクが並んでいるのが目に入る。特急も停車する駅だが、しかし、ホームで見ていると、観光客らしい人々が、この喜入で降りてくることはなかった。

話をきいてみると、観光客は車窓から見える石油タンク群には興味があり、写真を撮るが、喜入駅で降りようとする者はいなかった。十津川は、この喜入駅が知覧に近い駅であることを知っていたが、それを口にする観光客はいなかった。観光客が、もし知覧に行くとすれば、鹿児島中央駅あるいは指宿駅から、バスに乗っていくのだろう。

十津川たちは、いったん、鹿児島中央駅まで戻り、そこから知覧を通るバスに乗ることにした。再度の知覧である。

平和会館に入る。静かだった。小学生らしい十五、六人のグループが、先生に引率されていた。車椅子で来ている老人を見つけて、十津川が声をかけた。

「お幾つですか」

ときくと、

「九十になりました」

という。

「それでは、戦争の体験者ですね」

「私はね、戦友を殺して、生き残ったんですよ」

といった。しわの多い、老人の顔だった。

「友人というのは、陸軍の特攻隊ですか？」

「私もね」

と、ゆっくりと話す。

「私も、選ばれていた。それなのに、戦友が次々と死んでいく中で、私だけが生き残ってしまった」

「良かったじゃありませんか」

と、十津川がいった。

「確かに、死なずに済んだ。しかしね、戦友が死んでいったんですよ。私だけ生き残って、ずっと申し訳ないと思っているんです」

と、老人がいう。

若い男が車椅子を押していた。

「お子さんですか？」

ときくと、その青年が、

「孫です」

といって、笑った。

「もう一つ、お聞きしたい。死ななくて良かったという気持ちと、自分だけ生き残って申し訳ないという気持ちと、どちらが強いんですか？」

　と、十津川がきいた。続いて、早苗がいった。

「それでも、死ななかったから色々なことができたんじゃありませんか。結婚もできたし、お子さんも生まれた。いや、お孫さんまでいるんでしょう？」

「確かに、それはありますよ。好きな女性ができて結婚しました。仕事にも就きました。家も建てた。子供も生まれた。孫までもね。しかしね、一人になると、どうしても死んだ戦友の顔が浮かんでくるんですよ。私は結婚した。しかし、あいつは結婚できなかった。それどころか、女も知らないで死んでいった。仕事にも就けなかった。家も建てられなかった。子供もできなかった。そのことが延々と、頭に浮かんでくるんですよ。それが一番、辛《つら》いですね。あの時、一緒に出撃して死んでいたら、こんなに悩まなくて済んだんじゃないか。死んであの世へ行って、あいつに会っても、どう報告したらいいのか、分かりませんよ。ただ、謝るしかできないのかもしれない」

　と、老人がいうのだ。

「それで今、特攻については、どう考えておられるんですか？」

　最後にきいた。

「そうですね」

と、老人は少し考えてから、

「面と向かって聞かれたら、『もう戦争は嫌だ。特攻も嫌だ。そういうもののない世界にしたい』そう答えますよ。しかしね」

と、またちょっと黙った。

「しかし、何ですか？」

「面と向かってね、あれは無駄死にだったんじゃありませんかと聞かれると、腹が立ちますよ。だって、国を挙げての戦争だったんですよ。そんな中での戦死なんです。無駄死になんか、あるはずがないじゃありませんか」

と、老人は、少し甲高い声になっていった。

「腹が立つ、だけですか？」

「それ以上のことは、できませんよ。一人で歩けなくて、車椅子に乗ってるんですから。何もできませんよ。それが悔しいですけどね」

「元気なら、相手を殴りますか」

「そうですね、殴ったかもしれませんね。いや、殴ったでしょう。カッとして。あの頃は誰も彼もがカッとしていたんです」

そういって、老人は黙ってしまった。

2

十津川たちが隣のコーナーに移ると、先ほどの車椅子の老人がいた。孫に体を支えられるようにして、備え付けのノートに何か書き込んでいる。

十津川は、声をかけようとして、それをやめた。車椅子の老人が消えてから、彼が何を書いたのか、ノートを開いてみた。

「感想をお書き下さい」

と書いてあるノートである。

今日の日付の後に、少し震える筆跡で、老人の書いた感想があった。

「あの日から七十年。君たちの分まで生きるといった。だが、あの言葉には、少しばかり嘘があった。私は、正直にいえば、あの時、助かったというそれだけの喜びで震えていたんだ。君たちの分まで生きるというのは、弁明に過ぎない。生きる喜びを隠すための弁明だ。今、ようやく君たちの所へ行くことができる。医者に診てもらったら、末期の大腸ガンで、あと三ヶ月の命だと、診断された。不思議に怖くはなかった。今までは君たちの分まで生きるといいながら、自分の喜びで楽しんでいたが、やっと、君たちのところへ行けることになったからだ。会ったら、長生きして申し訳ないと謝るつもりだ。それだけの報告に、今日やって来た。報告ができて、ホッとしている。これは本当だ。そちらへ行ったら、今の日本について、色々と話してやる。たぶん、君たちは、それを知りたいと思うから」

それだけだった。十津川は、いったんノートを閉じた後、最初のページから繰って行った。

その手が止まる。

（見つけたぞ）

と、思った。そのページに、殺された三人のうちの一人、高橋晋太郎の名前があったからである。そこには、こんなことが書いてあった。

「私は、この会館に来て、皆さんの遺書や写真を見るたびに、皆さんと対決しているような気分になってくる。父は陸軍の軍用機の審査をやっていた。その頃、N航空では、特殊攻撃機の剣の大量生産をやっていた。風洞実験もせず、とにかく特攻のための特別機を、百機以上も造りだしていたのだ。私の父は、その剣の審査を任されていた。その結果、私の父は、剣を不合格とした。そのために、百機以上の剣は無駄になり、一機も飛び立たなかった。その判断に対しては、さまざまな声がある。特に、当時の陸軍の上層部は、なぜ審査に合格印を押さないのかと。百機以上造り、一機も合格しないというのは信じられない。わざと不合格にしているんじゃないのか。とにかく飛ばして、一艦でも多く、アメリカの艦船を撃沈すべし。そのために造った特殊攻撃機である。陸軍の上層部には、私の父の行為を、愛国心に欠けると非難した人もいたと聞いた。

『特攻に勝機あり、という説に反対する者あり』と書いた新聞もあった。

私の父が、この特殊攻撃機の審査を合格にしていれば、特攻機・剣は五百機も千機も造られ、次々にアメリカの艦船を撃沈し、日本の勝機を作ったのだという、そんな非難の手紙が、戦後の今も私の所へ届くことがある。この記念館に祀《まつ》られている人たち、あなたたちはどう思っているのか。私の父を非国民だと思っているのか。それを聞きたくて、ここを訪ねてくるのだが、その答えは、私には聞こえてこない。そのことが、亡くなった父のためにも、特攻で亡くなったあなたたちのためにも、残念でならない」

それが、高橋晋太郎という名前で書かれていた言葉だった。

3

十津川は、そのノートに他の二人の被害者の名前もないかと探したが、これは見つからなかった。とにかく十津川は、そこに書かれていた高橋晋太郎の言葉と、「特攻に勝機あり」という言葉を手帳に書き写した。東京に帰ったら、その言葉の根元を見つけ出したいと思ったのだ。

十津川は、北条早苗刑事に車椅子の老人と孫の名前と住所を調べてほしいと頼んでから、自身は、先に東京に戻ることにした。

帰京した十津川は、「特攻に勝機あり」という言葉が、どこに出ているのか調べてみたが、戦後の文献では、なかなか見つからなかった。見つからなかった理由は、日本人の発言ばかり調べたからである。

実際には、アメリカ人が書いたものがあった。アメリカ人の歴史学者が書き、それを週刊誌が面白いと思って載せた。そのために、なかなか見つからなかったのである。それにもう一つ、その歴史学者の発表したエッセイのタイトルは、「特攻に勝機あり」ではなかった。元のタイトルは、「戦争と思想戦」だった。

十津川はすぐ、そのエッセイが載った週刊誌を取り寄せた。そこにあった記事は、次のようなものだった。

「どんな戦争にも、思想戦の一面がある。例えば、ヨーロッパの戦争は、戦闘と同時に、ナチズムからの解放という思想戦の面があった。連合軍は、実際の戦闘にも勝ったが、思想戦の面でも勝利したのである。

太平洋戦争の場合は、実際の戦闘と同時に、アジアの、植民地からの解放という思想戦の面があった。この思想戦の面で、連合軍側に勝ち目はなかった。アジアで植民地を作り、それを支配していたからである。アメリカにはフィリピンがあり、イギリスにはマレー半島、シンガポール、ビルマ、そしてインドである。オランダには、インドネシアがあった。日本は、今回の太平洋戦争を、アジアの植民地支配からの解放と位置づけていた。

したがって、連合軍に思想戦の面では勝ち目はなかったのである。

ルーズベルトもチャーチルも、揃ってその面では悲観的だった。実際、アジアの植民地では、戦闘開始と同時に、現地の人々が喜んで日本軍を受け入れた。ビルマでは、独立運動をしていた若者たちが日本軍に協力して、イギリス軍の列車や船などの破壊工作を実行し、マレー半島でも同じだった。

日本が思想戦に完勝したと思われるのは、インドネシアである。日本軍の侵攻と同時に、インドネシアの人々が万歳をもって日本軍を受け入れ、戦闘に入るや、一斉にオランダ軍との戦いを開始し、オランダ軍を窮地に陥れたからである。このまま行けば、日本軍が数ヶ月以内に東南アジアを占領し、思想戦で負けたアメリカ、イギリス、オランダなどはアジアから追い出されていたに違いなかった。

ところが、日本は思想戦に勝ちながら、敗北したのだ。敗北の原因は、はっきりしている。日本軍が占領したインドネシア、マレー半島、フィリピンなどから、軍事用の資源を手に入れながら、その対価を支払わなかったからである。日本は、勝手にアジアの解放を叫べば、現地の人は喜んで日本軍に協力してくれるだろうと思い込んでいたのだ。しかし、植民地の人間といえども、タダで働くことはできない。生活するには金が必要であり、物資が必要である。それを日本軍は忘れていた。とにかく、タダで喜んで協力してくれるものと、思い込んでいたのである。

それが、日本軍の失敗だった。植民地の解放であっても、金は必要であり、物資も必要なのである。それを何も与えなければ、解放の叫びも虚《むな》しく聞こえてしまう。

途中から、ルーズベルトもチャーチルも、思想戦の心配をしなくなった。このまま行けば、日本軍が必ず失敗すると分かったからである。

案の定、日本は途中まで思想戦で勝ちながら、敗北した。そのいい例がビルマである。ビルマでは、日本軍に協力してイギリスからの独立を願った青年たちが、独立の約束を後廻《あとまわ》しにして、物資だけを持ち去る日本に対して、反旗を翻したからである。

日本軍が敗戦間際に実行した特攻戦、これにも、もちろん思想戦の面があった。つまり、死を賭《と》して戦うことと、生きるために戦うことの思想戦である。

結果的に、日本軍のとった特攻戦法は失敗したが、最初から全ての戦争を特攻に集中していたら、恐らくこの戦法は成功していたのではないかと考える。

戦闘というのは、だいたい相手の兵士を殺すことで勝敗が決まる。しかし、特攻というのは、初めから死を覚悟しているから、日本兵を殺すことは勝利にならない。連合軍側から見た勝利というのは、特攻戦の場合は、いかに死というものを考え、死を背負って突撃してくる相手に、どういう意識を持てば勝てるか、ということになってしまう。こうした軍隊とは戦えない。戦うのは虚しいと考えた途端に、こちら側はこの戦争に敗北したことになるのである。

ところが、私が調べたところによれば、日本軍は特攻をしながら、迷っていたのである。兵士に死を命じながら、上層部は、なぜか特攻という戦いに迷いを持っていた。航空特攻を実行した、ミスター大西は、特攻を実行した若い兵士を『神である』と褒めあげながら、なぜか自分の考えた特攻戦術を『外道である』といっているのである。それでは、特攻という思想戦に、最初から負けたようなものではないか。特攻は、正当な戦術だという考えで、全ての軍用機を特攻機に変えて攻撃していたら、特攻を認めないアメリカ軍は、この戦闘に敗北していた可能性が強い。もし、そうなっていたら、アメリカは白旗は揚げなかっただろうが、戦闘を中止して日本軍との間に不利な講和条約で、戦争を止めていたに違いない。

私は、そんな事態を想像してしまって、ぞっとするのである」

原題は、「戦争と思想戦」なのに、それを「特攻に勝機あり」と変えて、その週刊誌は載せたのである。これをぱっと読むと、全力を尽くして特攻戦法を継続していたら、日本にも勝機があったように受け取ることができる。

十津川は、その雑誌社に行って、この記事の反応をきいてみた。

「反応はどうでした？」

と、十津川がきくと、編集長は、

「ちょっと面白いなと思って、翻訳して載せたんですけどね、あまり反応はありませんでした。まあ、戦争が終わってもう七十年だし、コテンパンにアメリカに負けましたからね。ただ、特攻について賛成、反対の意見は少数でしたが、どちらもやたらに熱っぽかったですよ」

「そのどちらが強かったんですか？　特攻について賛成、反対は」

と、きいた。

「そうですね、賛成の方がやっぱり強かったかな。勇ましいですからね、賛成の方が」

その手紙の一つを、編集長が見せてくれた。それは、

「特攻は思想戦に賛成」

二十代の男からの感想文だった。

「太平洋戦争で、日本軍がとった特攻という戦法は、それが思想戦の面を持っていたという。大賛成である。

だからこそ、特攻は尊いのである。

航空特攻の生みの親である将軍が、『特攻は外道である』というのはおかしいではないかという、アメリカの歴史学者の指摘にも、私は賛成だ。特攻を命じながら、この戦法は外道であるなどといったら、死んだ特攻隊員たちが浮かばれないだろう。

だからこそ、日本軍は特攻を始めながら、戦術として確立できなかったのだ。どこか、後ろめたい気持ちで特攻を命じていたとすれば、それは神に対する冒瀆《ぼうとく》である。

さらにいえば、そうした上層部のあやふやな精神、『外道』だという後ろめたさを持っていたからこそ、それが失敗に結びついたとしか、私には思えない。

その点でも、アメリカの歴史学者がいった『特攻に勝機あり』の言葉が真実を突きとめているといってよいだろう。

今の私は、『特攻に勝機あり』の言葉を信じたいと思っている。戦時中、上層部は特攻隊員を見送る時、

『君たちは、すでに神である』

といったらしい。

私は、今こそ、自信を持って、次のようにいいたい。

『特攻こそ、戦術の神髄だ』と」

4

この投書には、特殊攻撃機の剣のことも、その審査で合格させなかった高橋少佐のことも書かれていない。とすれば、これを書いたのは、今回の事件の犯人ではないだろう。しかし、犯人は、この投書の男と同じ考えを持ったに違いないと、十津川は確信した。

十津川は、投書の男に会ってみたくなった。投書では分からない本音のようなものがきけるかもしれないと思ったからである。

そこで、雑誌社に電話した。

「何とかして、この投書の主に会いたいのですよ。住所、名前、携帯番号など、何か分かりませんか」

十津川がきくと、向こうはあっさりと、

「いや、分かりますよ」

と、いった。いくらか拍子抜けした感じで、十津川は、

「本当ですか」

と、念を押した。

「その投書の主ですが、うちの会社に訪ねて来たことがあるんですよ。だから、分かっています」

といい、名前と住所を教えてくれた。

編集長が教えてくれた名前は、山脇剛《やまわきつよし》、二十四歳。中央線の立川《たちかわ》駅近くのマンションに住んでいるという。

十津川はすぐ、亀井と会いに出かけた。現在、新宿の会社でサラリーマンをしているというので、新宿のカフェで、向こうの仕事が終わる十七時から計算して、十八時に会うことに決めた。

現れたのは、ごく普通の二十四歳の若者だった。そのことに、十津川はなぜかほっとするものを感じた。

「この近くの会社に働いていらっしゃるそうですね」

まず当たり障りのないことからきくと、

「小さな会社ですよ。その経理をやっています」

と、いう。

「仕事、楽しいですか？」

ときくと、なぜか笑って、

「退屈ですねぇ。毎日面白くないですよ。でも、遊んでるわけにもいきませんから」

「あなたが雑誌社に送った『特攻に勝機あり』の投書を読みました。特攻に興味があるんですか？」

「ありますよ」

「どうしてです？　平和の時には、絶対に起きないものでしょう？　それでも、関心があるんですか？」

「変わっているものには、関心があるんですよ。たぶん、日常が平凡でつまらないからでしょうね」

と、いった。

「なぜ、投書する気になったんですか？」

「ですから、今いったように、日常がつまらないから、何か変わったことに関心があるんです」

「それを実行してみようと？」

と、十津川がきくと、なぜか、また笑って、

「実行なんか、とてもできませんよ。だから、かえって興味があるのかもしれませんね」

「特攻と書いた本やドラマなんかに、関心があるんですか？」

「そうですね。実行できないから、そんな本やドラマを観ると面白いのかもしれません。実行できることなら、勝手にやりますよ」

分かったような、分からないような答えだった。

「特攻に賛成なら、反対する人には、腹が立ちますか？」

「別に」

「どうしてですか。この投書を見ると、関心があるみたいに見えますけど」

「今、平和でしょ。どう考えたって、特攻という戦闘行為が起きるはずがない。だから、架空の話なんですよ。僕にとっては、あの記事は面白かったですよ。でも、特攻に反対だからといって、その人に腹は立ちませんよ。人それぞれだし、賛成がいたって、反対がいたっていいから」

と、いった。

十津川は、戻るとすぐ、第三の被害者、高橋晋太郎の息子、高橋進に会うことにした。前に会ったのは、彼の職場である大学だったが、今回はすでに午後七時を過ぎていたから、阿佐谷にある彼のマンションを訪ねて行った。

そのマンションには、妻のアケミ三十四歳と、娘のルナ五歳がいた。刑事の十津川は、時々錯覚することがあった。例えば、被害者の息子に会う。中年の男。十津川は、相手がまるで独身の男のように扱う。しかし、たまたま相手の家に行くと、そこには妻がいて、子供がいるのである。

家庭の夫であること。当たり前の話なのに、時々家庭人であることも忘れて、追及したり、容疑者扱いしたりしてしまう。今回も、少しそれに似ていた。

高橋晋太郎は、十月十五日に殺されている。十津川は、その息子、高橋進と妻と子供を前にして、知覧の平和会館で、高橋晋太郎の名前を見つけたと話した。

「十月初めのページに載っていました。その日に、高橋晋太郎さんは、一人で知覧に行ったんですか？」

と、きいた。息子の進は、妻と顔を見合わせてから、

「そうです。知覧に行ったのは、父の晋太郎だけです」

「晋太郎さんだけというのは、どういうことですか？」

「あの日、家族全員で鹿児島に行ったんですよ。父も一緒でした。天気が良くて、私は家族を指宿枕崎線に乗せたかったんです。まだ結婚前に、指宿のホテルに行き、砂《すな》風呂《ぶろ》に入りました。エメラルドグリーンの海を見ながら、砂に埋まっていると、いい気分になるんです。娘にも同じ気分を味わわせてやろうと思ったんですよ。指宿のホテルに泊まって、父も一緒に砂風呂に入りました。この旅行に満足しました。開聞岳も見たし、桜島も見ました。それで、帰ろうと思ったら、父は一人で知覧に寄っていくといったんです。私たち家族は、知覧に興味がなかったので先に帰り、父だけが知

覧に寄ったんです」

「どうして、知覧には興味がなかったんですか？」

「十津川さんは戦争中、陸軍少佐だった祖父のことをいってらっしゃるんでしょう？　しかし、祖父は特攻で死んだわけじゃありません。戦争中、剣の審査を行っただけです。戦後も生き延びて、民間会社で働いていました。それに、私自身は、特攻というのは納得できなかった。すでに戦後七十年、もうそろそろ特攻のことを忘れた方がいいんじゃないか。そんな気持ちですから、一足早く東京に帰りました」

と、高橋進はいう。

「前にお会いした時は、陸軍がN航空に注文して造らせた、剣の話をしましたね。写真も見せていただいた。とにかく、特攻のためだけの飛行機を百機以上も造ったが、一機も特攻機としてアメリカの艦船に突っ込むことはなかった。それは、あなたのおじいさんの高橋陸軍少佐が、その剣の審査で合格印を押さなかったからだ。そういう話を聞きました」

「それは、本当ですよ。殺された父が、よく話をしていました。百機以上も造ったのに、一機も飛ばさなかった。それは、祖父の審査が厳格で、一機も合格させなかったからです。そのために戦争中、祖父は陸軍の上層部から、毎日のように叱責《しっせき》されていたそうです。少しぐらい欠陥があったって、合格にしたらいいじゃないか。爆弾を積んで飛べば、一機でアメリカの艦船を一隻沈めることができるんだからと。まるで非国民のようにいわれたそうですが、祖父は頑として合格させなかった。ただ、父にいわせると、戦争中は非国民扱いされ、戦後は特攻で死ぬべき若者の命を救った救世主のようにいわれたが、それはどちらも違う。祖父は、父にいっていたそうです。ただ審査の役目を、忠実に実行していただけだと」

「その点をお聞きしたいんですよ」

　と、十津川がいった。

「高橋少佐は、特攻には賛成だったんでしょうか？　それとも、反対だったんでしょうか？」

「祖父にいわせれば、どちらでもなかったというでしょうね。ただ自分は、この仕事を忠実に実行した。それだけだというと思うんですよ。これは殺された父の話なんですが、戦後になって、雑誌社やテレビ局から電話が掛かってくると、祖父は機嫌が悪かったそうです。質問は、あなたが特攻機を合格させなかったから、若者が救われた。そんな話に決まっている。結果的にそうなったが、もしあの時に造られた特攻機が素晴らしい出来だったら、私は合格させて、若者を特攻で死なせていた。それが仕事だからだといっていたそうです」

「お父さんは、どうだったんですかね。高橋少佐の生き方を、どんなふうに考えていたんでしょうか？」

「父ももちろん、特攻に対する考えを持っていたと思うんです。しかし、表面的には私と同じで、大学の教授として、学問的に特攻を見ていましたから、表立って自分の考えをいいませんでした。しかし、祖父のことについて賛否両論の手紙が来たり、電話が掛かってきたり、時には大学に若者が訪ねて来て、論争を挑まれると、父もカッとしてその論争の相手をしていましたよ」

「お父さんの晋太郎さんは、特攻には反対だったんじゃありませんか？」

「反対だとはいっていました。しかし、反対する勇気があったかどうか、分からない。あの時生きていたら、若者を特攻機に乗せて、送り出していたに違いない。色々と調べても、日本が他に戦う術《すべ》を持たなかった。そういっていましたね。私も戦争中にはまだ生まれていませんでしたから、そうした考えは、よく分からないんですよ。でも、祖父は褒められたり、逆に叱られたりすると、『君たちはあの戦争末期の空気の中で生きていたら、どう考えるか。それを試してみたい。平和な時なら何でもいえる』と怒っていましたね」

「高橋さんは、『特攻に勝機あり』という言葉を聞いたことがありますか？」

　と、十津川がきいた。

「その言葉なら、父から聞いたことがあります。確か、アメリカの学者がいった言葉でしょう。戦争というのは二面性がある。実際の戦闘と、思想と思想の戦いの思想戦がある。あのまま特攻が続いて、戦争が終わらなかったら、アメリカは、実際の戦闘では勝ったが、特攻という思想戦では負けたかもしれない。確か、そういう意見でしたね」

「その考えに対して、お父さんはどう考えていたんでしょうか？」

「亡くなった父は、これは陸軍少佐だった祖父の考えでもあったといって、こんな話をしていました。太平洋戦争にも思想戦があった。植民地アジアの解放という思想戦があった。そして、特攻作戦にも思想戦があった。死ぬために戦う思想と、生きるために戦う思想の戦いだ。太平洋戦争には、アジアの解放という思想戦と、死を肯定して戦う特攻、という思想戦があった。しかし、残念ながら、日本はその二つともに負けてしまった。負けた理由は、日本の貧しさだ、と祖父はいっていたらしいんです。貧しさのために、アジアの解放ができなかった。貧しさのために、特攻という手段に訴えざるを得なかった。日本がアメリカと同じように、経済的に豊かな国だったら、たぶん思想戦には勝っていただろう。祖父は、戦後そういっていたそうで、父もその考えには納得できるところがあるといっていましたね。私にしてみれば、そうした考えを持っている父が、なぜ殺されたのか、犯人はなぜそうした考えを持っている父を殺したのか、いまだに分からないのですよ。もし犯人が見つかったら、その点について、ぜひ聞いて下さい」

と、高橋進がいった。

一日遅れて、北条早苗刑事が帰ってきた。

「例の車椅子の老人のこと、調べました。名前は山田《やまだ》雄太《ゆうた》郎《ろう》、九十歳。鹿児島市内でラーメン店をやっている息子夫婦と一緒に暮らしています。あの時、車椅子を押していたのは、大学生の孫だそうです」

「鹿児島市内というと、知覧に近いところに住んでいるわけだね」

「実は、山田雄太郎は、もともと大分の方に家があったそうですが、戦後になって、知覧の近くの鹿児島市内に住んで、ラーメン店を始めた。どうしても特攻で死んだ仲間のことを忘れられない。毎年、一回か二回は知覧に行って、特攻で死んだ仲間のことを偲《しの》んでいる。そうしないと、生きていることが怖くなってくるんだといっていました」

「もう一度、あのじいさんに会ったのか」

「その店に、ラーメンを食べに行きましたよ。そして、息子さん夫婦とも話しました。息子さん夫婦の方は、完全に戦後生まれです」

「あの時、車椅子を押していたお孫さんの意見は、どうなんだろう」

「今言ったように大学生ですが、もちろん特攻のことも知覧のことも、全く知らないそうです。それでも模型飛行機が好きで、プラモデルを自分で作っているそうです。なぜか、現代のジェット機は嫌いで、戦争中のプロペラ機を作って喜んでいるそうですが、戦争が好きなわけじゃないようです」

「特攻というのは、難しいですね」

亀井が、小さく溜息《ためいき》をついた。

「肯定しても、否定しても、なぜか気分がスッキリしません」

「たぶん、特攻というのは、そういうものなんだ」

「ところで、今回の殺人事件ですが、警部はやはり犯人もどこかで特攻と関係があると思っていらっしゃるんですか？」

「関係ありという考えは、ますます強くなってきている。犯人自身は戦後生まれで、戦争を知らない人間だろう。しかし、彼はどこかで戦争と関係し、特攻と関係している。今、カメさんがいったように、特攻というのは、肯定しても、否定しても、スッキリしない。そのことが、犯人を殺人に走らせたのかもしれないな」

「どうしますか、これから」

「枕崎や指宿に行き、それから知覧に廻《まわ》り、殺された三人が一緒にではなく、バラバラに知覧に行っていることを確信した。高橋晋太郎は間違いなく十月初めに、知覧に行っている。きっとそこで犯人と出会ったんだ。他の二人、新聞記者の井崎要介と、若い木内愛花も、知覧に行ったに違いない。なぜ行ったのかは分からない。しかし、そこで犯人と出会った。そして何かがあったんだ。たまたま知覧の平和会館、あるいは他の記念碑の近くで会ったのかもしれない。その時、たぶん井崎要介や木内愛花の何気ない言動が、犯人を傷付け怒らせた。だから、犯人は二人を殺した」

「動機はやはり、特攻ですか？」

「そこを、どう解釈したらいいのか、今の私には分からない。犯人自身もたぶん戦後の生まれで、特攻とは直接の関連はない。殺された井崎と木内の方も、特攻とは無縁。だから、うまくいえないが、特攻という大きな、何といったらいいのか、アメリカ人的にいえば、どうしようもない巨大な思想が今回の殺人事件を引き起こした。そんなふうにしか、今の私には考えようがない」

と、十津川がいった。

「それでは、これから井崎要介と木内愛花の関係者に会って、もう一度話を聞きますか」

と、亀井がいった。

5

まず、井崎要介である。中央新聞の社会部記者。彼の祖父は昭和二十年六月十日、知覧から飛び立ち、沖縄海域で亡くなっている。その祖父は、知覧の平和会館に色紙を遺《のこ》していた。そこには、墨で、

「大義の為に死ねる幸福」

という意味のことが書いてあった。

もう一つ、十津川が発見したのだが、写真があった。五、六人の特攻隊員が、笑顔で犬と戯れている写真である。

たまたま迷い込んできた子犬を、特攻隊員が可愛がっている写真である。その写真に添えた文章があった。

「見よ。この特攻隊員の無邪気な笑顔を。すでに彼らは、死を超越している」

その時は何気なく読んだ記事である。今になれば、本当に彼らは無邪気に子犬と戯れていたのだろうか、と考えてしまう。その日には死ぬことになっていた若者たちである。純粋に、無邪気に子犬と戯れることができたのだろうか。

十津川と亀井はまず、デスクの中島に会いに行った。中島の方から、井崎が使っていた机の引き出しから、六枚の原稿が見つかったと、連絡があったからである。

十津川たちが中央新聞社を訪ねると、その原稿を見せてくれた。正確には、原稿用紙で五枚半である。タイトルは、「特攻に勝機ありとは何か」と書いてある。例のア

メリカ人の書いたものを読んで、それについて自分の考えを書いたものらしい。

そのラストの部分を読むと、「このアメリカ人の言葉で、戦争末期に生まれた特攻について、アメリカ人が重要に考えていると語られているが、よく読めば、戦争全体の思想戦について書いたもので、特攻を特別に取り上げたものではない。やはり、アメリカ人には特攻は分からないだろう」と書かれていた。

「井崎君のお祖父《じい》さんが特攻隊員だったために、この記事に注目した。小さい記事なんですよ。それでも目に留まったのは、お祖父さんのせいでしょう」

と、デスクがいった。

「この原稿ですが、なぜか日付が書いてありますね。亡くなる少し前の日付になりますね」

と、十津川がいった。

「そうですね。何か悩んでいるみたいなことは感じていました」

「この原稿には、特攻はアメリカ人には分からない、と書いてありますよね。切り捨てるように。それほど悩んでいるようには見えませんが」

「しかし、悩んでいたのは間違いありませんよ」

デスクが繰り返した。

「これを書く時に、井崎さんは九州の知覧に行ったんでしょうか？」

と、十津川が聞いた。

「それは分かりません。特攻に関して取材を頼んだことはありませんから。行ったとしても、個人的に行ったんでしょう。行ったかどうかが問題なんですか？」

「できれば、いつ行ったのかを知りたいんですよ」

十津川がいうと、デスクは井崎の同僚を集めてきいてくれた。

同僚の一人が、

「九月の中旬に、知覧に行ったんじゃないか」

と、いった。

「どうして、そう思うんですか？」

「その頃、よく休み時間に、九州の地図を見ていたんですよ。彼、鉄道が好きだから。九州新幹線にでも乗りに行くのかと聞いたら、いや、指宿の方に行ってくるんだ。砂《すな》風呂《ぶろ》に入ってみたいと、そんなことをいってましたね。知覧という名前はいいませんでした。でも、知覧には行ったと思いますよ。特攻で死んだお祖父さんの記事が雑誌に載ったりすると、熱心に読んでましたから」

と、同僚がいった。

確かに、その雑誌も、五枚半の原稿と一緒に井崎の机の引き出しに入っていた。

八月十五日の終戦の日特集が載っている雑誌だった。井崎の祖父で、特攻で死んだ陸軍少尉の写真と記事も載っている。この若い陸軍少尉のことを知っている人たちの座談会になっていた。

「井崎さんは、おしゃれでね。訓練飛行の時、首に白いマフラーを巻いていましたよ。それがよく似合っていた」

とか、

「『自分は特攻で行くが、他の人間は特攻で死なせたくない。俺一人で、もういい。飛行隊長が指名しそうになったら下を向け。飛行隊長を見ていると、指名されるから』と、後輩に注意したりしていた」

そんな話が載っている雑誌だった。

十津川が気になったのは、五枚半の原稿の最後に日付が入っていることだった。

「九月二十日　井崎要介」

となっているのである。普通は、自分で書いた原稿に日付は入れないだろう。とすると、この原稿を誰かにＦＡＸで送ったのではないか。そのために日付を書いたのではないかと、十津川は考えた。亀井も肯《うなず》いて、

「ひょっとすると、この原稿を犯人に送ったのかもしれませんよ」

「もし、ＦＡＸで送ったとしたら、相手のＦＡＸナンバーが分かれば助かるんだが」

と、十津川がいった。

「今のＦＡＸは、どこに何枚の原稿を送ったか、全て記録されているはずです」

と、亀井がいった。

そのことをデスクに話すと、すぐ調べてくれた。先月の初めから、今日までの送り先を調べてくれたのである。

新聞社らしく、一台のＦＡＸが送った原稿がズラリと並んでいる。その中に、原稿六枚と書かれた文字があった。

「たぶん、これでしょう」

と、亀井がいった。十津川は、その送り先のナンバーを手帳に書き留めた。都内の番号だった。

（これで、犯人が分かるのだろうか）

十津川は大きな期待を抱いた。

それから、十津川の追跡が始まった。原稿の送り先が犯人かどうかは、分からない。ただ、五枚半というか、六枚の原稿を送った先は分かった。そのナンバーのＦＡＸが置かれている場所を探す。

見つかったが、そこは個人の家ではなかった。大きなコンビニだった。そこに置かれたＦＡＸのナンバーだったのである。店長にきくと、

「そのＦＡＸは、五年前から置かれていて、多くの人が使っている」

と、いう。そのＦＡＸを使って、原稿を送っている者もいれば、原稿を送らせて、ここで受け取っていく客もいるという。

それでも、そのＦＡＸをよく使っている客は数人で、名前は分からないが、顔は覚えていると、店長はいった。

十津川は、店長に頼んで、その数人の似顔絵を描いてもらった。あまりうまくない絵である。それに、名前も分からない。だが、この中に井崎の原稿を受け取った人間がいるのだ。防犯カメラの映像を参考に、原稿が着いた日に来ていた男を摘出した。

地元の警察署に協力を頼んで、参考人を捜す捜査が始まった。途中から十津川は、部下の若い刑事たちも呼んで、一緒に捜させることにした。

丸二日掛かって、やっと一人の若者が浮かんできた。

住所は、世田谷《せたがや》区烏山《からすやま》。京王線千歳《ちとせ》烏山駅から歩いて十二、三分。甲州《こうしゅう》街道を渡ったところに建つ、五階建てマンションだった。マンションの名前は「烏山壱番館《いちばんかん》」。その五〇一号室。問題の男の名前は、榊原栄《さかきばらさかえ》である。

刑事たちが一斉に五〇一号室を調べたが、本人の姿はなかった。管理人にきくと、二日前から姿が見えないという。

瞬間、

（逃げられた！）

と、十津川は思った。

携帯やカメラといったものは見当たらないから、たぶん持って逃げたのだろう。壁には、若い特攻隊員が地元の女学生から花を贈られている写真が、大きく引き伸ばされて貼ってあった。

写真の背景に、見覚えがあった。知覧である。小さな本棚には、太平洋戦争、特に特攻に関する本がずらりと並んでいた。

十津川は、榊原栄という男について、徹底的に調査することを刑事たちに命じたが、これが意外に難しかった。

世田谷区役所に行って、どこから転居してきたか調べようとしたが、住民票がないのである。越してきて、住民登録をしていないのだ。

そこで、聞き込みに移った。それに並行して、2DKの部屋を徹底的に調べる作業も進められた。

だが、なかなか、榊原栄という二十代の男が、捜査の網に入ってこないのだ。そこで十津川は、知覧の平和会館に電話して、知覧から出撃した特攻隊員の中に、榊原という姓の者がいないかどうかをきいてみた。十津川の推理は当たっていて、特攻隊員の中に、その名前があることが分かった。

榊原徳之《のりゆき》、当時二十五歳。陸軍大尉である。天誅《てんちゅう》隊隊長と教えられた。特攻隊の中では年長者だ。したがって、編制された天誅隊の隊長になっていたのだろう。沖縄に突入した月日も分かっていた。

五月十八日。

アメリカ軍はすでに、沖縄に上陸を始めていた。その時の榊原徳之の住所も記されていた。住所は、現在の福島県会津若松《わかまつ》市内である。すぐ十津川は、若い刑事二人を、会津若松に向かわせた。

会津若松に飛んだ二人の刑事は、市内の中心部で食堂を経営していた榊原家の情報をつかんだ。戦争中、そこには男ばかり三人の兄弟がいて、長男は中国戦線で死亡。次男が榊原徳之で、陸軍の特攻で亡くなっている。三男が戦後、榊原食堂を引き継いだが、事業に失敗し、家を売り払って東京に引っ越した。

「東京で開いた食堂は、名前は前と同じ榊原食堂で、住所は北千住《きたせんじゅ》になっています」

と、報告してきた。こうなれば、徹底的に追跡するしかない。

今度は、刑事を北千住に走らせた。

その結果、この食堂はうまくいって、三男坊は結婚し、子供が生まれ、店を大きくしたことが分かった。店を継いだ子の長男が榊原栄である。

「他の兄弟は、地道に今でも北千住で食堂を経営していますが、この榊原栄という長男は、家業を手伝おうとせず、家を飛び出して、最初は小さな雑誌社で働いたりしていましたが、そのうちに自分で小説を書くようになりました。全て戦争小説です。なかでも、特攻隊員を主人公にした太平洋戦争の小説は、ほとんど無名の榊原栄の書いたものの中では、一番売れたものだといわれています」

捜査に廻《まわ》っていた日下刑事から、十津川に連絡が入った。

「榊原栄の書いた小説が、北千住の家にあったので、これから持って行きます。最近に書かれた本で、作者の榊原栄本人が送ってきたといいます。これが一番、榊原栄本人の考えを示しているといわれています」

と、日下がいう。

「どんなふうに書いているんだ」

「例のアメリカ人のいった『特攻に勝機あり』。あの言葉を土台にして、自分の祖父の兄が特攻隊員として亡くなったことを小説にしているようです」

と、日下がいった。

「ぜひ、読みたいもんだね」

と、十津川が応じた。これで少しは、事件の真相に近づけるかもしれないと、十津川は期待した。

第五章　会話（一）

1

十津川は、日下刑事が持ってきた榊原栄の小説に、目を通した。舞台は太平洋戦争の激戦地、レイテである。タイトルは『小説レイテ決戦』で、「小説」とわざわざ断ってあり、十津川が期待した特攻隊員、榊原徳之の名前も出てこなかった。

十津川がこの本に期待したのは、小説自体の上手《うま》さ、面白さではない。そこに警察が追いかけている殺人犯の顔や、あるいは挙動が出てくるのではないか、と期待したからだった。

その期待は裏切られた。いくら読んでも、あくまでも小説なのである。

「駄目ですか」

と、日下がきく。

「この著者は、用心深くわざわざ『小説』と断ってるんだ。それに、私が色々な本や、資料を読んで想像しているレイテ決戦とは、違った書き方をしている。あの戦いで日本は敗れた。ところが、この小説では、日本が勝ったように書いてあるんだ。つまり、あくまでも小説なんだよ。だから、この小説から今回の事件の犯人を見つけ出すのは、難しそうだ。よくあるｉｆ小説だよ」

十津川は、いった。

「これから、どうされますか？」

横から亀井刑事がきいた。

「明日、記者会見を開いてもらうように、刑事部長に頼んでくる」

十津川が、いった。

「記者会見をして、何を話されるんですか？」

「それを、今から考えるんだ」

と、十津川がいい、腰を上げ、刑事部長に会いに行った。

三上刑事部長は、最初は反対だった。しかし、十津川がその理由をいうと、急に面白がって、

「明日にでも記者会見を開け」

と、催促した。

翌日の午後一時、記者会見が開かれた。その席で十津川が強調した。

「私は現在、特攻に関する殺人事件を担当しています。私は戦後生まれで戦争体験がありません。それでも、今回の事件を担当することになって、あの太平洋戦争が日本にとってどんな戦いであったか、なぜ戦いの末期に特攻隊、特に航空特攻が生まれたのか、その理由が、ようやく分かってきました。今回の事件で、三人の人間が殺されましたが、犯人はたぶん、航空特攻の関係者だと思っています。それも、戦後に生まれた関係者です。犯人は、明らかに親族を特攻で失っている。そのことが、今回の事件の動機になっていると、私は考えています。被害者もまた、特攻に関係した者の子供であり、孫であります。生死を賭《か》けた特攻のことが動機になって、今回の殺人事件が起きたのだと、私は確信しているのです。切羽詰まった、あるいは引くに引けなくなっての殺人ではないか。ただ単に、被害者の命を奪うだけではなくて、犯人自身も生死を賭けて殺人を実行した。そう考えているのです。この事件について、何らかの参考になるのではないかと思って、戦争中の本、資料、また戦後になって特攻について書かれた本などを読んでおります。最近読んだ本の中に、榊原栄という人の書いた、『小説レイテ決戦』という本がありました。私が調べたところ、著者の榊原栄の祖父の兄は、昭和二十年の沖縄戦に陸軍の特攻隊員として、九州の基地を飛び立って、沖縄で死んでいるのが分かりました。そうした親族を特攻隊員に持つ作家の小説なので、事件の参考になると思って読んだのですが、読み終わって私はがっかりしました。小説です。しかも、下手な小説です。ですから、何回読み返しても、特攻というものがどんなものか、それが実感として私の心に伝わってこないのです。これは明らかに嘘だ、インチキだ。あの特攻を侮辱していると感じました。私は、今回の事件を通じて、日本が戦った特攻の真実を知りたいのです。その点、繰り返しますが、榊原栄さんの『小説レイテ決戦』には、がっかりしました。批判はいい。しかし、嘘はいけません。ここには、特攻の真実など何もありません。誰かご存じの方はいませんかね。私を驚かせるような、これこそ特攻の真実だという、小説でも日記でも構いません。それを読んでみたいのです。これは、今回の捜査とは関係がありません。私個人の要望です」

十津川は、わざと勝手に一人で喋《しゃべ》り、この奇妙な記者会見を終えた。

案の定、記者たちからの質問が集中した。どの質問も同じだった。何のためにこんな記者会見をしたのか、という質問である。記者の一人がいった。

「一番気になったのは、今回の殺人事件を担当している十津川警部が、事件の捜査を離れて、特攻の真実を知りたいといわれたことですよ。個人的には分かりますが、事件を捜査する刑事としては、禁句なんじゃありませんか？　捜査の方はどうでもいいようなことをいうのは」

これが、その記者の質問だった。他の記者が、じっと十津川を見る。どの記者も同じ疑問を持っているのだ。そこで、十津川が答えた。

「今もいったように、私も戦後生まれですが、様々な本や映画やニュース、資料などで、太平洋戦争について色々と確認しています。最も心を打たれるのは、昭和十九年十月から始まった特別攻撃なのです。私も日本人ですから、何となく特攻を命じた上層部の気持ちも分かりますし、特攻で死んでいった若いパイロットたちの気持ちも分かります。しかし、私は戦争の体験者ではありませんから、本当には分からないのです。だから、分かりたい。確かに私は、事件の捜査とは関係ないといいました。いいじゃありませんか。戦後生まれでも、特攻に心惹《ひ》かれるんですよ。本当の姿は何だったのか。それが知りたいんですよ。ですから、事件の捜査には関係なくとも、特攻について詳しく考えておられる人、特攻の真実を知っている方、ぜひ私に伝言をいただきたい。もちろん、氏名などいわなくても結構です。何回も繰り返しますが、私は特攻の真実を知りたいだけですから」

そういって、十津川は、記者会見を打ち切った。

2

三日経って突然、「警視庁捜査一課内　十津川警部殿」という宛名《あてな》で一枚のＤＶＤ

が送られてきた。差出人の名前はない。ただ、ＤＶＤに貼り付けた紙には、タイトルとして、「真実の特攻隊」と、書かれていた。

「来たよ」

と、十津川は、亀井たちにいった。

「警部は、これを待っていらっしゃったんですか？」

と、亀井がきく。

「期待半分だったが、来るかもしれないとは思っていた」

「誰からのプレゼントですか？」

「榊原栄。今度の三つの殺人事件の容疑者だ」

と、十津川はいった。

十津川は、ＤＶＤをプレイヤーにセットした。音声データのようだ。

三分ばかり間があって、突然、男二人の会話になった。

「井崎要介さんですね」

「そうですよ」

「年齢三十歳。中央新聞社会部の記者」

「そうです」

「あなたの身内が沖縄戦の時、六月十日に特攻隊員として沖縄で亡くなっている。名前は、井崎勇《いさむ》さん。知覧の記念館で、井崎勇さんの色紙を見ましたよ。『後に続く者を信ず。靖国で会おう』と書かれていました」

「祖父が特攻で亡くなったことは知っています。私も先日、たまたま鹿児島に行き、これもたまたまですが、知覧の特攻平和会館に行って、井崎勇が書いた色紙を見てきました。しかし、あれは彼の本心ではないと思っています」

「どうして、そんなふうに思うんですか？」

「あの平和会館に飾ってある色紙の多くに、同じような言葉が書かれています。『必殺』とか『撃滅』とか『靖国で会おう』とか、恐らく全員、井崎勇と同じ気持ちだったと思いますね。たぶん、出発する間際に色紙を渡されて、何か書けといわれて書いたものでしょう。そういうところでは、本当の気持ちは書けませんよ。だから、いかにも特攻隊員らしい言葉を選んで書いているんです」

「それでは、嘘を書いたというんですか？」

「嘘とはいいません。ただ、こういう時には何と書けばいいのか、だいたい決めていますからね。井崎勇は、特攻隊員の中でも年配で、三人の隊長ですから、隊長らしい言葉を考えて、後に続く者を信ず、と書いたんだと思います」

「だから、井崎勇さんの本心ではないと思うんですか？」

「本心ではないとは言い過ぎかもしれません。しかし、あれは明らかに、何を書いたらいいのか分からなくて、型にはまった言葉を書いたと思っています」

「それでは、本心は、どこに書いて遺《のこ》したというんですか」

「井崎勇が、出撃の五日前に家に帰ったんですよ。別れの挨拶《あいさつ》をしに来たんです。その時に、こういったそうです。『私は喜んで死ぬが、特攻には反対である。特攻を続けても、日本は戦争に勝つことはない。だから、なるべく若い人たちは、生きて日本の再建に働いてもらいたい。後輩の操縦士たちにいっているんだ。毎日、飛行長が次の特攻隊員を選定するが、その時にはなるべく、飛行長と眼を合わせないように俯《うつむ》いていろ、眼を合わせると特攻隊員に指名されてしまうから』と。彼が嘘をついているとは思えなかったそうです」

「井崎さん、あなたは戦後の生まれだから、勇さんには会っていないわけでしょう？」

「もちろんですよ。話をしたこともない」

「それならどうして、井崎勇さんが後に続く者を信ずと、色紙に書いて出撃していったのに、特攻には本心では反対だったと断言できるんですか？」

「それは、井崎勇がその頃すでに、家族に対しては、『この戦争は負ける』といっていたと聞いているからです。彼は現役の操縦士で、戦闘にも参加しています。米軍機を撃墜したこともあるし、逆に墜落し、危うく助かったこともあったそうです。そうした実戦から、彼は、日本は勝てない、したがって命令されれば喜んで出撃するが、一刻も早くこの戦争は止めた方がいい。そう考えていたからです。だから彼が色紙に書いた、後に続く者を信ずという、いかにも特攻隊らしい言葉は、本心ではない。そう考えざるを得ないんです」

「あなた自身は、特攻について、どう思っているんですか？」

「必要がなかった。特攻を考えるより先に、戦争を止めればよかった。私はそう思っています。たぶん、特攻で死んだ井崎勇も同じだったと思いますね」

「井崎さんは、自分は戦後生まれなので、戦争を知らないけれども、特攻については関心があり、色々調べていると、ＦＡＸで送ってくれた原稿に、書いてありましたね」

「書きました」

「なぜ、関係がないのに調べたりするんですか？」

「それは、私が日本人だからですよ。今の時代に生きている。七十年前には、何千人という若者が特攻で死んでいるんです。無視できないじゃありませんか」

「特攻については、一つの考えが定着しつつあります。特攻で死んでいった若者たちの純粋な精神は尊敬する。しかし、戦術としては間違っていた。この考えが定着していますが、井崎さんは、この言葉をどう思いますか？」

「間違ってはいないと思いますね。確かに、死んでいった若者たちは純粋で、立派でした。しかし、特攻はどう考えても、作戦としては間違っていた。特攻の生みの親といわれる大西中将も、『特攻は統率の外道』だといっていますからね。しかし私は、この言葉には反対なんですよ。ところで、あなたは特攻をどう思っているんですか？」

「特攻で死んでいった若者たちは、純粋で立派だった。それなら、その若者たちを使った作戦もまた、立派なはずだと、私は思っているんです。作戦が外道だとは、まったく考えていません」

「しかし、それならなぜ、日本軍は勝つ希望もないのに、特攻作戦を終戦まで続行したんでしょうかね？」

「それが、必要だったからだと思います」

「一つ聞きたいが、あなたも身内に特攻で死んだ人がいるんですか？」

「名前はいいません。ただ、知覧の特攻平和会館には私の祖父の兄の名前があるし、写真も残っています」

「しかし、あのまま戦争が続き、特攻を続けていても、日本がアメリカに対して勝てたとは思えませんよ」

「私は、戦争というものは、思想戦の面と、実戦の面と両方あると思っているんです。アメリカ人は、よくいうじゃありませんか。アメリカの兵士は生きるために戦っているが、日本の兵士は死ぬために戦っている。それを、アメリカの兵士の方が立派だと受け取る人もいますが、私は反対だと思っているんです。これは文化の違いですよ。

どちらの文化が偉いのか、それは分かりません。しかし、どちらの文化が強いのかは分かりますよ。なぜなら、死を決意する方が生を決意するよりも、強靭《きょうじん》な精神が必要だからです。幕末の頃、土佐《とさ》の侍がフランス人を撃ってしまった事件がありました。その犯人を差し出せといわれた時、犯人とされた藩士たちが一人ずつ腹を切り、それをフランス人に見せたところ、その凄惨《せいさん》さに蒼《あお》くなって止めさせたというじゃありませんか。つまり、それだけ死ぬ方が生きるよりも重いんです。だから、死ぬために戦争をする方が、生きるために戦争をするよりも強いんです。あのまま特攻を続けていたら、どちらが勝ったか分かりませんよ。私はアメリカの方が先に音を上げたと思いますね」

「特攻を続けていけば、日本が勝ったというのは、楽観に過ぎるんじゃありませんか。日本人だって、本心は生きたいんですよ。死にたいと思う人なんかいないでしょう。第一、あの戦争が続けば、日本全土が爆撃あるいは原爆で廃墟《はいきょ》になり、戦うための道具、武器や飛行機も生産できなくなる。そうなれば、特攻隊員が出撃することもできなくなるわけですから、あのままいったら、あなたのいうように、日本が勝つとは思えませんね」

「日本の特攻について称賛しているのは、日本人だけではありませんよ。あの頃、フィリピンのレイテから沖縄にかけて、日本とアメリカが激しく戦っていました。その時のアメリカ海軍にスプルーアンスという提督がいました。アメリカの機動部隊を率いていた、ミッドウェイ海戦のアメリカ側の指揮官です」

「その名前は知っていますよ」

「それなら、話がしやすい。スプルーアンスの自伝を読むと、その頃、つまりフィリピンのレイテや沖縄で両軍が激しく戦い、日本側が相次いで特別攻撃を行っている時の日本の特攻作戦について、次のようにいっています。『この戦法は、健全にして経済的な戦法である。また、日本人の気質に合致した方法だ』と。もう一人、アメリカ海軍を指揮していたハルゼイ提督も、もっと大きな驚きをもって、神風特別攻撃隊をこう称しています。『我々は、マリアナ沖海戦や台湾沖航空戦で、日本艦艇を完膚無きまでにやっつけて、勝利を得ていた。我々は、次の攻撃目標について考えていたのだが、突然、神風特別攻撃隊の攻撃を受けた。神風特別攻撃隊によって、一ヶ月の間に三百二十八名が戦死し、空母の搭載機五十機が破壊され、三隻の空母が損傷を受けている。このため、東京攻撃の時期を一ヶ月以上延期せざるを得なかった』」

「確かに、一時的にはアメリカの機動部隊を驚かせたかもしれませんが、結局、日本は負けたんです。敗戦がたかだか一ヶ月か二ヶ月遅れただけですよ。結局日本は敗北し、その後、自衛隊ができましたが、その幕僚長などは、もう二度と特攻はやらないと宣言しています。つまり、特攻というのは作戦の外道だと、幕僚長たちも分かっているからですよ」

「しかし、あの段階で、特攻以外に日本が勝てる戦法があったでしょうか。よく考えて下さい。日本の連合艦隊がアメリカの艦隊とマリアナ沖で戦いました。日本の連合艦隊のその時の指揮官は、小沢《おざわ》中将。日本に有利な戦法を取るので、勝てる見込みがあると思っていたのに、完全な敗北を喫してしまいました。その他、台湾沖航空戦でも日本は敗北しています。つまり、真正面から戦ってもアメリカに勝つことが難しくなっていたんですよ」

その後、二人の男の声が入っていない部分が五、六秒あった。たぶん話が険しくなっていき、相対した二人が沈黙してしまったのだろう。

その後、男の声が飛び出した。

「神風特別攻撃隊が初めて出撃したのは、昭和十九年の十月です。アメリカ軍がフィリピンのレイテ島に上陸してきた時です。もし、フィリピンが占領されてしまったら、日本本土と東南アジアのルートが遮断され、軍事物資は日本本土に運べないことになってしまいます。そこで、大西中将が急遽《きゅうきょ》フィリピンに派遣されました。最初から、レイテに上陸したアメリカ軍に対して特別攻撃をかけるために行ったわけじゃありません。連合艦隊が全力をあげてレイテ湾に乗り込んで、アメリカの輸送船を全滅させる。アメリカの上陸軍を殲滅《せんめつ》する計画でした。この作戦で一番困るのは、アメリカの空母搭載の、千機を超す戦闘機や爆撃機です。だからこの時、連合艦隊としては、アメリカの機動部隊の空母の甲板を破壊して、数時間でもいいから艦上機が飛び立てないようにしたい。そうすれば、一時的に制空権がなくなったアメリカに対して、日本の武蔵《むさし》や大和《やまと》、あるいは巡洋艦隊でレイテ湾に突撃し、そこにいたアメリカ軍の輸送船を全滅させる。空母の甲板に穴を空ける作戦が考えられて、その攻撃を支援するために大西中将がフィリピンに出かけたんです。しかし、フィリピンの航空基地に着いた大西中将は愕然《がくぜん》としました。

二、三百機の零戦や爆撃機があると思って行ったのに、相次ぐアメリカ機動部隊の爆撃で、この時使える飛行機は三十機しかなかったといわれています。アメリカの機動部隊が使える艦載機は千機以上。それなのに、こちらが三十機ではどうしようもない。絶望的です。そこで、大西中将は最後の手段として、爆弾を抱いた零戦でアメリカの空母に体当たりする、それ以外にアメリカ空母を無力化する方法はないと考えたのです。少数機でも体当たり攻撃をすれば、アメリカの予期していない攻撃で、日本が勝利するかもしれない。他に方法はなかったと、大西中将も他の将校もいっています。そのことをまず考えるべきでしょう。特攻は、戦術としては外道だという前にです。とにかく、この時から日本の海軍も陸軍も、やむを得ない最後の手段として特攻に踏み切り、この作戦は成功したんです」

「確かに特攻は、アメリカ軍も、こんな攻撃はあり得ないと油断していたので成功したといわれています。しかし、アメリカ側も必死になって、特別攻撃隊の攻撃を阻止しようとする。何よりも、アメリカは多数の空母を持っている。千機の艦載機を飛ばすことができたんです。日本軍が空母を狙うと分かってからは、常時百機の艦載機が空母の上空を守っていて、以後、なかなか特攻機がアメリカ軍の空母を攻撃することができなくなってしまったといわれています」

　この後しばらく、ＤＶＤは動いているのに、声が切れてしまった。ここで終わりかなと思っていると、五、六分近くも無音が続いた後で、突然、また男二人の会話が聞こえてきた。

「今、君は特攻について、アメリカ軍の提督スプルーアンスが称賛し、その威力についてハルゼイ提督も驚愕《きょうがく》の言葉を並べている。そういったが、あれは全て日本の特攻が命令ではなくて志願だという前提に立っている。君はそれを知っているのに、私に特攻の正当性を認めろといっているんですか？」

「それでは、逆にあなたに聞きたい。あの時の日本の陸海軍の特攻隊員は、すべて命令で仕方なく出撃した、自主的に参加した者は一人もいなかったというんですか？」

「そうはいっていませんよ。問題は、拒否できる状況だったかどうかということです」

「しかし、特攻隊員たちは、逃げもせず、笑って出撃しているんですよ。これがアメリカだったら、ぞろぞろ逃げ出していますよ。それだけでも、素晴らしいじゃありませんか」

「どちらが素晴らしいか分かりませんよ。私なら、逃げられる国を選びますね」

「井崎勇さんは、特攻に出撃する時、『後に続く者を信ず』と色紙に書いた。また、私が調べた限り、上司から特攻の話を聞くと、迷うことなく自ら進んで志願している。これこそ、日本のサムライだと感動しました。何もいわず、黙って死んでいく。特攻で死んだ人たちは、全てこうしたサムライたちだと、私は信じている。だからこそ、外国の軍人たちも称賛するんです。それなのに、あなたは今になって、身内の井崎勇さんは、本当は特攻に反対だった、という。出撃前に家族に遺《のこ》した言葉には、『私以外の人間には、特攻で死んでほしくない。次の特攻を決める時には、飛行長の顔を見ないようにして、俯《うつむ》いていろ。命令されてしまうぞ』とあったと。あなたは、これこそ真実の声だといっていらっしゃるようだが、こうした言葉が、どんなに特攻で死んだ若者たちを傷つけているか、分かっていない。それでもなお、同じような話を雑誌に書いたり、座談会で話したりできるんですか？」

「今、私は特攻で死んだパイロットについて、色々と調べています。井崎勇のこともです。確かに昭和十九年の十月、特攻隊員の志願者が募られた時、井崎勇は『その航空隊にいたパイロットたちは、ほとんどが訓練不足で、たぶん体当たりの前に撃墜されて、虚《むな》しく南の海に沈んでしまうだろう。今、自分が志願しなければ、無駄死にする若者が増えてしまう。そこで、自分は自ら手を挙げて、特攻隊員に志願した』と、家族に打ち明けています。そうした状況を考えると、彼が自ら特攻隊員を志願したともいえますが、このままでいけば、いたずらに死者が出てしまう。それならば、自分が真っ先に志願して、特攻で死んだ方がよい。そう考えてのやむにやまれぬ志願だったんですよ」

「それならば、戦争が終わってから、身内の人間が死者を傷つけるようなことを得意になって話すことはないと思いますが」

「別に、得意になって話しているわけじゃありませんよ。また、すべての特攻隊員が命令されて仕方なく出撃したとは思っていません。確かにあなたがいうように、多くの特攻隊員はやむにやまれぬ心情から特攻を志願し、死んでいったと思っています」

「それなら、立派でしょう」

「しかし、なぜ自ら特攻を志願するような気持ちになっていったのか。反対できなかったのか。私は、井崎勇の身内として、その理由を知りたいんですよ。だから、彼が遺した手紙とか、ノートとかを大事にとってあるんです」

「それで、勇さんの気持ちは分かったんですか？」

「まだ分かったとはいえません。今、私は平和な時代に暮らしている。誰からも特攻を命令されない、明日死ぬことが決まっているわけでもない。だから、なかなか井崎勇の気持ちが分からないんですよ。残念なんです」

「それならば、黙っていて下さい。私の身内も沖縄特攻で死んでいます。それを否定するような話を聞きたくはないんです」

3

ここでまた、沈黙が続く。

「太平洋戦争には、その前の日清、日露あるいは日中戦争と大きく違った点がありました。最も違っていた点というのは、日本の兵士や軍属の死者が全部で二百三十万人といわれていますが、実際に戦闘で死んだのではなく、いわゆる戦病死で死んだ者が百四十万人もいるんです。全体の六十パーセントですよ。フィリピンの戦争だけに限っても、直接戦闘で死んだ兵士は三十五から四十パーセントなのに対して、病気で死んだ者がそれを上廻《まわ》っているんです。六十から六十五パーセント。そのうちの半数以上は、飢えて死んだ餓死者です」

これは、井崎と思われる男の声だった。

「それが何だというんですか。どう特攻と関係があるんですか？」

「この戦病死者、百四十万人。その中に餓死者もいます。問題は、この死者百四十万人がアメリカあるいは中国と直接戦って戦死した兵士ではないということです。戦闘もせずに死んでしまった人間ですよ。それに比べれば、まだ特攻死の方が恵まれている。ともかく、敵と刺し違えて死ぬんですから。つまり、太平洋戦争は他の戦争と違う、特別なものであることを私はいいたいんです。そして、その特別な戦争の中で、特攻というものが生まれたんです」

「まだ、よく分かりませんね。もう少し、具体的に話してもらえませんか」

「日本陸軍に、安達二十三《はたぞう》という中将がいました。名将といわれる軍人で、ニューギニア戦線で第十八軍を指揮して、アメリカ軍と戦っているんです。しかし、その頃、ガダルカナルで日本軍が敗退し、ニューギニア戦線でも苦戦をしていました。制空権も制海権もアメリカに握られていました。この時、安達中将が率いていた第十八軍の兵力は、二万二千人でした。ニューギニアの一角を占領していたんですが、アメリカ軍に包囲されて、身動きが取れなくなっていました。そこで大本営は、安達中将に、今アメリカ軍を攻撃すれば、必ず負けるといってきた。つまり、航空隊の援助は期待できない。大砲も少ない、戦車もない。そんな兵力でアメリカ軍に攻撃をしかければ、負けるに決まっているからです。ところが、それでも安達中将は、アメリカ軍を攻撃したいとして、大本営にアメリカ軍の基地、これはアイタペという基地なんですが、この基地の攻撃を許可してくれと電文を送るんです。問題は、その文面です。安達中将第十八軍司令官から大本営への上申です。

『予にアイタペ攻撃を決行せしめられ度旨《たきむね》具申あり。皇軍の真姿を発揮し、楠公《なんこう》精神に生き、今回の結果如何《いかん》よりも皇国の歴史に光輝を残すを以《もっ》て部下への最大なる愛なりとの信念』と書かれていました。ここで問題なのは、大本営の命令通りに動かなければ、戦死者を出すことはない。しかし、このままでは部下の将兵に死に場所を与えられない。私としては、アイタペを攻撃して、部下に立派な死に場所を与えたい。それが、部下に対する最大の愛だと書いていることなんです。大本営の命令にしたがって、じっと動かなければ、兵士に死者は出ない。しかし、それでは生きている価値がないのではないか。負けるのを承知で、アイタペのアメリカ軍基地を攻撃すれば、部下の兵隊たちも立派に戦死できる。それはすなわち、部下の兵士たちに立派な死に場所を与えてやれることだ。これこそ、上に立つ司令官の役目、そして温情ではないかといっているんですよ。これを読んだ時、私は呆然《ぼうぜん》としました。大本営は、今アメリカ軍を攻撃すれば、負けるに決まっている。死者も出る。だから中止を命令したのに、安達中将は、無理にでもアメリカ軍を攻撃して、部下の兵士に立派な死に場所を与えよう、それが部下に対する愛情というものだと、言い切っているんですよ。今の時代なら、狂気です。部下の中には、死にたくない者もいるでしょう。それなのに、わざわざアメリカ軍の基地を攻撃し、それによって部下は死ぬかもしれないのに、部下には立派な死に場所を与えてやった。それが、上に立つ者としての部下に対する温情である、そういっているんです。これについて、どう思いますか？」

「そんな話が、特攻とどう結びつくんですか？」

「よく考えてください。私も最初は、この安達中将の気持ちが分からなかった。どこか特攻に似ている。今の時代に考えれば、この安達中将の命令というか、上申はめちゃくちゃです。とにかく、大本営はアメリカ軍を攻撃すれば負けるに決まっているから、攻撃するなといっているのに、安達中将はそれを承知で攻撃したいと上申しているんです。なぜこんな考えを持ったのか、私は当時の情勢を色々と調べて、改めて安達中将の上申を考えてみました。当時、日本軍はアメリカに対して劣勢に立たされ、何よりも制空権、制海権をアメリカに奪われてしまっていたのです。太平洋の多くの島には、日本の守備隊が置かれていました。しかし、制空権も制海権もありませんから、その島に対して補給ができない。そのうえ、アメリカ軍は、小さな島を一つ一つ占領せず、必要な島だけを攻撃し、占領して、日本本土に近づこうとしていたんです。ですから、アメリカ軍との戦闘もないままに、飢えと病気で守備隊が死んでいく、そんな島がたくさんありました。じっとアメリカ軍が攻撃してくるのを待って、島を守っているわけです。しかし、アメリカ軍はやってこない。襲ってくるのは、飢えと病気です。現実に何人もの兵士が死んでゆく。そんな時の兵士の気持ちを考えてみました。どんなにか悔しかったろう。自分を惨めに思ったんじゃないか。食糧が不足して栄養失調になり、それで病気になり、死んでゆくんです。こんなことなら、アメリカ軍と戦って死んだ方がどんなにか満足だろう。そんなふうに将兵が考えたとしても、不思議はありません。太平洋戦争末期の、ほとんどの日本の将兵は、そう考えていたんだと思いますね。今話した安達中将の場合も、そう考えていくと、納得できるんですよ。ニューギニアで、圧倒的な戦力のアメリカ軍に攻撃されている。攻撃すれば負けるに決まっている。しかし、このままじっとしていれば補給はなくなりますから、多くの将兵が飢えと病気で死んでいく。こんな惨めなことはない。そんなふうに安達中将も考え、兵士たちも考えていたんじゃないかと思うのです。このまま惨めに死ぬくらいなら、勇ましくアメリカ軍の基地を攻撃して死にたい。そうした将兵の気持ちを考えて、安達中将は、負けるのが分かっているが、ぜひアメリカ軍のアイタペ基地を攻撃させてほしいと、大本営に上申したのではないか。このまま、飢えと病気で死んでいくよりは、アメリカ軍を攻撃して死にたい。兵士たちも、飢えて死ぬより、病気で死ぬより、戦って死ぬ方が満足だろう。それが安達中将の上申にあった、部下の将兵に対する愛情であり、死に場所を与えてやることだったのかもしれません。どこか、この考えは特攻に似ていると、私は思うのです。前線の将兵たち、その中にはパイロットもいたでしょう。日本軍が全面的な敗勢にあることは、誰でも分かっていた。それも、一方的に負けているんです。制空権も制海権もアメリカに握られているから、食糧は運ばれてこないし、武器や弾薬も乏しくなってくる。このままじっとしていれば、戦闘はないが、飢えと病気で死んでゆく。そんな状況の中で、飛行機に爆弾を積んで体当たりする。その死に方の方が、どんなにかスカッとするか。そう考えると、特攻は生と死の二者択一ではなかったのではないか。飢えと病気で惨めに死んでいくか、それともアメリカの艦船に体当たりして死んでいくか、そのどちらかを選ぶ状況に追い込まれていたのではないのかと、私は考えるんです。戦争は負け戦でしたが、兵士たちは政府の上の方が和平工作をしているとは知りませんから、このままの状況で、戦争は続いていく。そう考えると、特攻は生と死のどちらかを選ぶことではなくて、体当たりの死か、飢えと病気の死かの二者択一だったのではないかと。今、私はそんなふうに考えているんです」

「それなら、あなたも太平洋戦争の特攻を認めるわけですね。それなのに、なぜ批判するようなことを書くんですか？」

「いま、兵士たちは、勇ましい死と惨めな死、どちらかを選ぶ状況に追い詰められていたといいましたが、それでも冷静に、この特攻は間違っているのではないか、そう考える人も、パイロットの中にはいたと思います。特攻をただひたすらに勇ましい犠牲的精神と見ずに、もっと冷静に考えてみたい。それをしないと、また戦争が起きれば誰かが特攻を言い出すかもしれません。その時に、拒否できなくなりますからね」

「あなたの話は、勝手すぎる。あなたの身内の井崎勇さんだって、私の祖父の兄だって、そんな面倒くさい理屈で、特攻で出撃したわけじゃありませんよ。もっと純粋なんですよ。そうでなければ、私は特攻で死んだ身内を誇れなくなってくる。惨めになってきます。絶対に間違っているといって下さい。そうしないと、私はあなたが許せなくなる」

「ここまで、私は自分の考え、気持ちを正直に話した。このあと、あなたの正直な気持ちを話してくれませんか。あなたはお若いでしょう。二十代ですか？」

「二十三歳です」

「やはりね。私は、今の二十代が特攻をどう考えるか知りたいのです。私は活字人間だから、特攻も文章で考えてしまう。映像の中で、出撃する特攻機を見るよりも、色紙や日記に書かれている特攻隊員の言葉の方がずきんとくるんです。私が調べたところでは、私より若い人たちは、特攻を映像で見る。さらに若いあなたのような二十代は、マンガで捉《とら》えるといわれるんですが、その通りですか？」

「私は、文字はあまり信じない。どんなふうにも解釈できますからね。あなたもいったじゃありませんか。井崎勇さんが色紙に書いた『後に続く者を信ず』という言葉を、素直に受け取らず、出撃直前に色紙を渡されて、仕方なく特攻らしい言葉を書いただけだと。あなた自身、言葉を信じていないんじゃありませんか」

「それは、正確じゃありませんよ」

「どう正確じゃないんですか？」

「私も、平和で正直に生きられる時代に発せられた、書かれた言葉は信じるんです。しかし、太平洋戦争の末期、政治家も軍人も、メディアも嘘ばかりついている。そんな時の言葉は、いくら立派でも、信じないんです。あなたは、マンガの世界に生きる二十代の若者だから、どんなふうに物事を考えるんですか？」

「マンガはね。自由自在なんです」

「よく分かりませんが？」

「いいですか。遠くに見える兵士が次のコマでは、すぐ傍にいることもできるんです。一コマで殺すことだって可能なんです。あなたが理屈をこねている間に、絵の中の特攻機をアメリカ空母に体当たりさせることもできるんです」

「なるほど」

「それだけじゃありません。その一コマに描き加えることもできるし、一部を消すこともできるんです」

「それでは、その絵が信用できないでしょう？」

「そんなことはありません。特攻に限って言えば、陸軍の知覧基地から、特攻隊員が出撃する時、白いマフラーを首に巻くことが多かった。それは、特攻隊員の心意気が感じられるからです。その中に、白いマフラーを忘れて飛び立つ者もいたといいますが、マンガ家は白いマフラーを巻いた特攻隊員を描いています。それを、あなたは事実ではない、嘘だと批判しますか？　確かにマフラーをしていない隊員もいますが、どちらが真実でしょうか？　マフラーを巻いた絵の中の特攻隊員の方が真実だと、私は思いますよ」

「私は、別にそんな杓子定規《しゃくしじょうぎ》なことはいっていませんよ。逆に、特攻も特別な眼で見ず、素直に見て素直に考えたいと、いっているのです」

「いや。あなたこそ特攻を特別な、かたよった眼で見ていますよ。色紙に『後に続く者を信ず』と書けば、型にはまって、本気で書いたものではないという。おかしいですよ。私は、死を決意した特攻隊員らしい立派な言葉だと感動しますね。それとも、怖くて仕方がないとでも書いた方が、特攻隊員らしいというのですか？」

「困りましたね。そんなことはいっていませんよ。ただ、型にはまった特攻隊員像には反対なんです。あまりにも立派に出来あがっていて、真実からかけ離れた特攻隊員像になってしまっていますからね」

「それでは、どんな姿が特攻隊員像だというんですか？」

「まず、若いあなたの特攻隊員像を聞かせて下さい」

「私も、祖父の兄のことを知りたくて、知覧に行き、特攻隊員と接していた人たちに話を聞きました。みんな、いってました。明日にも死ぬことになるのに、優しくて、いつも笑顔だった。たまたま基地に子犬が迷い込んできたのをみんなで名前をつけて飼っていた。基地近くの女の人が『ご苦労さま』といったら、その特攻隊員に『私の代わりに長生きしてください』といわれて、涙が出たといっていました。こんな特攻隊員は、嘘ですか？」

「いや、そんなことはありません。そういう特攻隊員の姿は本当だと思いますよ」

「しかし、色紙に書いた『後に続く者を信ず』は嘘だといっている。おかしいじゃありませんか。いったい特攻隊員らしいというのは、どういうのをいうんですか？　それをいって下さい」

「私は、こんなふうに考えるんです。明日の死を約束された若い特攻隊員の笑顔と、明日がどうなるか分からない若者の笑顔と、全く同じに見えるが、そこに一見分からない違いがあるんじゃないか。その違いを調べるのが、私たちの義務であり、戦争を防ぐ最良の方法じゃないかと思っているんですよ」

「詭弁《きべん》だな。笑顔は笑顔だよ。それなのに、あなたは無理矢理違いを見ようとしている。それは、特攻隊員に対する侮辱だよ」

「意見が分かれるのは、私には収穫だと思っている。貴重な時間をありがとう。ぜひもう一度、会いたいね」

「いや、私には無駄な時間だった。あなたの詭弁は、私の尊敬する特攻隊員に対する侮辱だ」

「私は、いつまでもこの国が平和であってほしい。そのためには、歴史を正しく認識する必要があると思っているのです。特攻についても同じです。その特攻について、意見が分かれたのは残念だが、私はあなたの意見も尊重する。特に、あなたのような若い人が、特攻をどう考えているのか知りたいからね」

「私は、ノーだ」

「どうして？　あなただって、特攻に関心があるんだろう？　それなら、ぜひもう一度、会いたいね。なぜ会いたくないんですか？」

「――――」

「どうして、黙っているんですか？」

「ひょっとすると――」

「ひょっとすると、何です？」

「あなたを殺しかねない。尊敬する特攻隊員の名誉を守るために」

第六章　会話（二）

1

続いて、二本目のＤＶＤが捜査本部に送られてきた。

しかし、一本目のＤＶＤと同じように、画面には何も映っておらず、音声のみだった。

それは、なぜか一本目に比べて、極めて短いものだった。録音されていたのは、男女三人の音声だった。

短い会話だったが、十津川には、その三人が誰か、すぐ分かった。一人は、今回の一連の殺人事件の容疑者、榊原栄であり、話の相手はＮ自動車の社長・木内徳久と、その娘で殺された木内愛花と想像がついた。

木内徳久は、つい最近、病死していた。アメリカのＮ自動車販売会社の社長とＴホテルのロビーで会話中、心臓発作を起こし、救急車で病院に運ばれたが、病院到着直後に死亡したのだ。死因は、急性心不全と発表された。が、溺愛《できあい》していた愛花の死による心労が原因とも噂されていた。

十津川は、木内愛花の事件の捜査で、何回か木内社長に会い、話を交わしているので、容疑者から送られてきたＤＶＤの中年の男の声が、彼のものだとすぐ分かったのである。

十津川は、とにかく三人の会話を聞いた。

「失礼ですが、Ｎ自動車の木内社長と、木内愛花さんですね？　今日は枕崎にお二人で旅行ですか？」

「失礼だが、あなたは？」

「名前をいっても、ご存じないと思います。ただ、Ｎ自動車が戦争中、Ｎ航空と呼ばれていた頃に、関係がある人間です」

「しかし、うちの会社が自動車メーカーに変わったのは、戦後十年たってです。Ｎ航空の頃に関係がある方にしては、若すぎるようにお見受けしますが」

「Ｎ航空と関係があるのは、私の祖父の兄に当たる人間です」

「そうですか。戦時中、うちのＮ航空で働いていた方ですか？」

「いや。N航空で製造された戦闘機に搭乗し、沖縄で特攻死しています」

「そうですか。何と申しあげていいか。亡くなった父は、自分の会社で製造した軍用機で、何人もの若い方が特攻死していることを、深く悲しんでおりました」

「いや、このことについて、私は、何のこだわりもありません。N航空が特攻のために私の祖父の兄が搭乗した戦闘機を製造したのでないことは、よく分かっていますから」

「そういっていただくと、救われます。亡くなった父も、ほっとしていると思います」

「私はN航空が昭和二十年に製造した特殊攻撃機のキ一一五剣のことで、お二人にお訊《き》きしたいことがあるのです」

「そのことと、ここにいる愛花とは何の関係もないので、席を外させてもよろしいですか？　私ひとりでお聞きすることにしたい」

「いや。愛花さんにはぜひ、ここで聞いていただきたい。私も祖父の兄と話をしたことはありませんし、顔も見ていませんが、それでも特攻隊員と血がつながっている人間として、祖父の兄の死に自分は関係があり、責任があると思っているのですから」

この瞬間の若い男の声が、怒っているように聞こえた。

「しかし、戦後七十年もたっていますから、いいかげんに戦争を引きずるのはやめた方がいいと思いますが」

「歴史から逃げるんですか？」

「そんな大げさなものではなくて――」

「そうした態度が許せないんですよ。特攻で死んだ若者は四千人を超します。そこには、N航空の製造した軍用機で死んだ人も含まれているんですよ」

「私は、構いません。確かに、私はN航空社長の孫ですし、ここにいる父の方が、関係は弱いと思います。子供の時は、病気がちで入退院を繰り返し、N航空時代の軍用機の製造とは関係がなくて、N自動車になってからの社長ですから。私は、少女時代から、N航空が造った軍用機の模型で遊んでいましたから、私の方が、N航空と関係が強いと思います」

「そういうことは、すべて分かっています。だから、愛花さんにも、ここにいてほしいのです。それで、キ一一五剣ですが、これは特殊攻撃機と呼ばれていますが、特攻専門の飛行機ですね？」

「その通りです。お断りしておきますが、今娘のいった通り、N航空の頃のことは、まったく知らなくて、すべて亡くなった父や、当時の幹部社員から聞いた知識なのです。確かにN航空で製造したキ一一五剣は、特攻だけのために造られました。海軍の桜花《おうか》と同じです」

「キ一一五剣は百機以上も製造されていますね？」

「そうです。昭和二十年、本土決戦が近いというので、当時の陸軍参謀本部と航空本部から製造を命令され、うちの工場で専門に製造し、同年三月から終戦までに百機以上を納入しています」

「それは、写真で見たことがあります。確か知覧の飛行場にずらりと並んでいる写真でした」

「塗装をすませ、機体番号を記入したものを、命令で二十機、知覧に送りました。二五〇キロ爆弾を積み込めば、いつでも出撃できる態勢になっていたと聞いています」

「しかし、一機も出撃しなかった？」

「そうです」

「理由は、知られているように、陸軍の航空審査部の審査主任、高橋少佐が合格の承認をしなかったからですか？」

「父から、そう聞いています」

「なぜ、高橋少佐は合格させなかったんですか？」

「それは分かりませんが、戦後に聞いた話では、特攻に出撃しても、半数は途中で故障して墜落するだろうし、防御用の機銃を積んでいないので、アメリカ戦闘機に残りの大多数は撃墜され、敵艦に到達できるのは、全体の五パーセントでしかない。だから、合格させなかったといわれています」

「五パーセントでも、百機出撃すれば、五機は敵艦に到達できることになります」

「計算上は、そうなりますね」

「それに、N航空が納入するとき、飛行検査が行われるわけでしょう。パイロットが乗って」

「そうです」

「その時に、死者は出ていないんですか？」

「いや。出ていないと聞いています」

「だから、陸軍参謀本部などは、なぜ剣を出撃させないのかと、怒り狂っていたという話を読んだことがあるし、知覧に二十機の剣が勢揃いした時には、二十歳の陸軍少尉が、この剣に乗って出撃したいと基地司令官に嘆願したが、高橋審査主任の許可が下りなくて乗れず、機体にしがみついて号泣したという話も聞いています。時速三〇〇キロしか出ない練習機さえ、特攻機として使用しているのに、それより性能のいい剣をなぜ使わなかったのでしょうか？」

「製造したうちのN航空も、陸軍も、使いたかったと思いますよ。百機以上も製造したのですから」

「それに、若い特攻隊員もでしょう？」

「と、思います」

「私は、そうは思いません。出撃せずにすんで、ほっとしている人もいたと思います」

「私はね。そういう考えに無性に腹が立つんだ。平和ぼけしているのか、死なずにすんだから良かったじゃないか、という奴ですよ。その中に若者もいるから、なおさら腹が立つ。国のために死ぬべき時があるんです。それが、本土決戦の時です。まだ本土決戦は始まっていないという人もいますが、沖縄も本土なんですよ。昭和二十年三月には、沖縄の戦いは始まっているんです。死ぬ決心をすべき時だったんです」

「――――」

「剣を不合格にした高橋少佐のために、百機以上の特攻機が、本土決戦の時に使用できなかったということですね？」

「そういうことになりますね」

「キ一一五剣を製造したN航空の責任ではないと？」

「うちの会社は、当時、B29の空襲を受けて、工場が破壊されましたが、それでも、工員たちも設計者も死力を尽くして、剣を造りましたから、それが無駄になったことは残念だと思っています。国家の大事な資源を無駄に使ったわけですから」

「高橋少佐と、N航空の木内社長は、何回も会っているわけでしょう？」

「もちろん、社長も設計者も工場長も、ひんぱんに会っています。高橋少佐が不合格にした理由を知りたいからです。そうして、欠点を指摘されれば、すぐにその部分を改良して、それを納入していました」

「それでも、高橋少佐は、最後まで一機も合格させなかった」

「そうです」

「それで、私はお二人に聞きたい。当時のN航空、木内社長に代わって答えていただきたい。本土決戦時、百機もの特攻機を出撃させなかった高橋少佐の責任は重大です。国家の生死がかかっている時、それを邪魔する人間は排除する必要がある。なぜ木内社長は、高橋少佐を刺殺しなかったのか。私は、その責任を問いたい」

「刺殺せよというのは、あまりにも非常識な意見じゃありませんか。N航空社長だった父は、自分の会社が製造した剣が一機も使われなかったことは、さぞ無念だったろうと思いますが、そのせいで、多くの若者が助かったと考えて、自分をなぐさめていたともいわれています」

「なんたる敗北主義だ。大義親を滅すという言葉を知らないのですか。私の祖父の兄が、陸軍の特攻で死んでいるから、日本の特攻を語る時、いつも無念なのは、海軍の特攻機の桜花は必ず名前があがるのに、陸軍の特攻機の剣の名前がまったく無視されることです。百機以上も造られているのに、名前があがらない。剣が存在しないかのようなことになっている。それは剣が成功したかどうかではないんです。陸軍に、というより日本に、陸軍の剣という特攻機が存在したという証拠が消えてしまうことなんです。歴史から消えてしまうんです。祖父の兄を特攻で失った私としては、それに責任のある人間は絶対に許せない。もう一度、聞く。N航空の木内社長は、なぜ特攻の歴史を傷つける高橋少佐を刺殺しなかったんですか？」

「戦争は狂気で始まり、狂気で殺し合い、狂気のうちに終わるんです。その狂気の時代について今、責任を持てといわれても、困りますね」

「私は、若者の一人として、あなたの論理に反対です。今、父がいった狂気の時代に、冷静だった人間がいたからといって、それを非難するのは、私は嫌いです」

「名誉は、考えないのか。いつの時代でも、一番に大事なのは、大義であり名誉でしょう。それを捨てて平気な人間を、私は許せないんですよ。だから、昭和二十年の狂気の時代であろうと、怯懦《きょうだ》に流れて獅子《しし》身中の虫を殺せなかった責任は、木内社長にあるといっているんです。木内社長が高橋少佐を殺していれば、陸軍特攻機の剣の名前は歴史に残っていたはずなんだ」

2

ここで、録音は終わっていた。

「この会話のあと、木内愛花は、十月八日の日曜日に殺されている」

と、十津川は、いった。

「この会話だと、犯人は、Ｎ自動車社長の木内徳久も攻撃していますが、愛花と一緒に殺していませんね」

「木内社長は、仕事でアメリカをはじめとして、世界を飛び廻《まわ》っているので、殺すチャンスがなかったんだろう。そして、病死してしまったんだ」

「井崎要介を十月一日の日曜日、木内愛花を十月八日の日曜日、三人目の高橋晋太郎を十月十五日の日曜日に殺しているので、最初は、日曜日に休みをとれる人間ではないかと思ったのですが、二本の録音を聞くと、違いますね」

「犯人の怒りは狂的で、激しいものだよ。だから、日曜日が休みだから、その日に殺人を実行したというような簡単な理由だとは、思えなくなっている」

「すると、やはり沖縄特攻で死んだ彼の祖父の兄と関係があるんでしょうか？　特攻死した日が日曜日だったとか」

「新聞に正式に発表されたのが日曜日だったとかだろうね」

「これで、犯人は第一の被害者・井崎要介と、第二の被害者・木内愛花との会話を録音したＤＶＤを送ってきましたが、依然として榊原栄の行方が分かりません。そのことで、警部にお聞きしたいことがあるんですが？」

亀井が、十津川を見た。

「何を質問したいか、分かっている。なぜ、私が必死になって犯人の行方を追おうとしないかだろう？」

「その通りです」

「第一、犯人は三人の男女を殺している。それも、大義の名の下にだ。それを考えると、これ以上の殺人はしないだろうと、私は思っている。第二の理由は、間もなく第三のＤＶＤが送られてくると思っているからだ。それは間違いなく、三人目の被害者・高橋晋太郎との会話だろう。多分、この会話に、犯人はすべての思いを籠《こ》めて、今回のことを終結させようとしているはずだ。自分の考えている大義とは何かとか、特攻とは自分にとって何だったのかといったことが、すべて籠められたＤＶＤが送られてくると思っている。だから私は、この犯人は、新しい殺人は行わないだろうと思っているのだ」

「第三のＤＶＤが送られるだろうと、私も思っていますが、その時に犯人は住所も知らせてくるでしょうか？」

と、亀井が、きいた。

「住所を書いてくるかどうかは分からないが、犯人は、第三のＤＶＤを送って、すべての結着をつける気だと私は思っている。住所や連絡先は記されていなくても、これが結着だと分かることになるだろうと、私は思っているのだ」

と、十津川は、いった。

それでも、十津川は、ＤＶＤの送り主について、まったく捜査しないわけではなかった。

彼自身は、犯人は覚悟を決めていて、次のＤＶＤで自分に結着をつけるだろうと確信していた。

しかし、三上刑事部長が、じっと待つ姿勢を許すはずがなかった。

それを見越して、十津川は、二枚のＤＶＤを持って、亀井とともに、榊原栄の父親がやっている北千住の食堂を訪ねた。

店内は、客で混んでいる。

父親も母親も、他の兄弟たちも忙しく働いている。

十津川は、すぐには声をかけず、店の隅のテーブルで、この店の自慢だというカレーライスを食べながら、彼らの働きぶりを見守った。

「平和」といったら、まず、この店の光景を思い浮かべるだろう。だからといって、榊原栄の生き方を、危険だと決めつける気もない。

確かに、榊原栄は、特攻について議論を吹っかけ、その揚句に三人の男女を殺した疑いがあるし、多分これは間違いないだろう。

だからといって、彼の生き方を戦争の続きということはできない。なぜなら、戦争中に、特攻について議論することは許されなかったからである。

国民もだが、当事者のパイロットでも、同じだったといわれる。上から特攻の命令が出た時、ほとんどのパイロットがそれに反対せず、従っている。一人か二人のパイロットが反対したといわれるが、それも、調べてみると、特攻以上に大事な役目についていたため、特別に特攻作戦から外されたというもので、特攻作戦そのものに反対したわけではなかったのだ。

特攻作戦の責任者だといわれる大西海軍中将は、フィリピンで特攻作戦について説明したあと、

「反対する者は叩《たた》き斬る」

と叫んだといわれるから、とても反対できる雰囲気ではなかったことが分かる。

戦争末期に生まれた特攻だが、特攻について議論できるのは、今が平和だからである。

考えてみれば、逆でなければいけないのだ。

特攻が生まれた戦時中こそ、議論が起きなければいけなかったのである。

そのことを、榊原栄ははたして分かっているのだろうか。

そんなことを考えながら、十津川は、店の様子を眺めていた。

時間がたち、ようやく店内がすいてきたので、十津川は、店主の榊原に声をかけ、

こちらのテーブルに来てもらった。

その榊原に、まず二枚のDVDの音声を聞いてもらった。

榊原はすぐ、息子の栄の声だと認めた。

「こんな偉そうな議論をして、大丈夫なんでしょうか？」

と、きく。

十津川は、殺人容疑がかかっているとはいわず、

「最近、連絡がありますか？」

と、きいた。

「昨夜遅く、久しぶりに電話がありました」

と、いう。

「どんな電話でした？」

「それが、変な電話で、この家に残っている自分のものは、すべて始末してくれというのです」

と、父親はいった。

「どんなものが、残っているんですか？」

と、亀井が、きいた。

「たいしたものはありません」

「見せていただきたいな」

と、亀井がいうのを十津川は手で制して、

「息子さんが、電話でいってきたのは、それだけですか？」

と、父親にきいた。

「それだけです。理由をきいたら、電話が切れてしまいました。どうしたらいいんでしょうか？」

と、榊原が、きいた。

「息子さんのいう通りにしてあげて下さい」

十津川は、それだけいって、腰をあげた。

店を出たところで、亀井がいった。

「容疑者の榊原は、何か殺人の証拠になるようなものがあって、父親に始末させようとしているのかもしれませんよ」

「それなら、始末させてやったらいい」

と、十津川は、いった。

「どうしてですか？」

「榊原栄は、死ぬつもりだよ」

「なぜです？」

「榊原栄は、特攻隊員のようにというか、祖父の兄の陸軍大尉のように死にたいんだ。特攻隊員の多くが、身の廻《まわ》りをきれいにしてから出撃したというからね」

第七章　第三の録音

1

　三枚目のＤＶＤが、差出人不明で十津川のもとに送られてきた。

　しかし、送り主が榊原栄であることは、はっきりしていた。前回と同じように、旅先から送ってきたのだ。

　ＤＶＤは、三番目の被害者である六十五歳の大学教授・高橋晋太郎との会話で構成されていた。内容は予想されたものだったが、十津川は最初から聞くことにした。

「ここは、枕崎と知覧の間にあるホテルのロビーです。私は今、高橋晋太郎さんという大学教授を待っています。このホテルを指定してきたのは高橋さんですが、はたして今日ここで会えるかどうか、自信はありません。

私は、前々から高橋晋太郎さんに会いたかった。いや、会わなければならないと思っていた。先月、たまたま知覧の特攻平和会館でお会いした時に、高橋陸軍少佐の息子さんであることを知ったので、何としてでも、特攻についてお話がしたいと申し上げました。

しかし、断られました。

私は定年直前の大学教授でしかない。現代史の研究をしているが、特攻について特に詳しいということもないし、確固とした信念を持っているわけでもない。

そういって断られたのです。

私は何としてでも、特攻について話し合いたかった。それは、高橋晋太郎さんが大学の教授だからというわけではありません。彼が高橋陸軍少佐の息子さんだから、何としてでも、彼と話し合いの場を持ちたいと思ったのです。

しかし、断られた。

最後には、この場所が知覧であること、特攻平和会館であることを理由にして断られました。それでも、私は逆にここが知覧だからこそ、特攻について話し合いたかった。

どこでなら会ってもらえるのか聞いたところ、一ヶ月後の今日、知覧と枕崎の間にある小さな町のホテルでなら会ってもいいといわれました。

今、私はここで高橋晋太郎さんを待っているのです。約束の時間、午後一時はすでに過ぎていますが、高橋晋太郎さんはまだ現れません。あるいは、話し合いを拒否されたのかもしれません。

けれども、私はもう少し待っているつもりです。

これまでに、私はすでに三人の人に会っています。この三人には、悠久の大義について話したいといって会いました。今度の高橋晋太郎さんが四人目、最後の人となるはずです。

高橋晋太郎さんにも、会いたい理由は特攻の大義だと告げてあります。その件について、最も話を聞きたい人が高橋晋太郎さんなのです。ですから、ぜひ会いたい。もし会えなければ、毎年、会いたい旨を書いた手紙を送り続けていくつもりです。あ、ロビーの入り口に、やっと高橋晋太郎さんが顔を見せました。それでは、これから高橋晋太郎さんとの話し合いを録音することにします」

続いて十五、六秒の無音の時間があった後、再び声が戻ってきた。

「高橋先生、今日はよく来てくださいました。約束はしてくださっても、反故《ほご》にされるのではないかと恐れていました。約束を守ってくださったことに、本当に感謝します」

「あなたは今日、私が約束を反故にして、ここに現れなくても、いろいろな方法で延々とコンタクトを取ってくるだろう。そう思ったので、ここに来ることにしたのです。太平洋戦争に関する本も、五、六冊読みましたよ。それからもう一つ、父の高橋勝《まさる》陸軍少佐の昭和二十年当時の手帳が出てきました。それを昨日、一日中読んでいました。あなたは、私の父の気持ちを知りたいといわれた。私は昨日一日、父の手帳を読んでいて、父の気持ちがよく分かりました。この二つの理由で、今日ここに来ました。私の気持ちではなくて、昭和二十年当時の私の父、陸軍少佐・高橋勝の気持ちを、あなたに伝えたくて、ここに来たのです。そのつもりで聞いてもらいたいし、話したい」

「もちろん、そのつもりで、私もここに来ました。私がいちばん知りたいのは、今あなたがいわれた、昭和二十年当時の高橋勝陸軍少佐の気持ち、考え方です。昭和二十年の五月十八日、私の祖父の兄は、陸軍の特攻隊の一員として、沖縄のアメリカ軍に突っ込みました。したがって、その頃の陸軍少佐・高橋勝さんの気持ちを知りたかったのです。ですから、今、先生がいわれたことは大歓迎です。東京から来られてお疲れでしょうから、まずはゆっくりコーヒーでも飲んでから本題に入りたいと思っているのですが、構いませんか？」

「コーヒーをいただけるのはありがたい。何しろ、私は六十五歳ですからね。やたらに喉《のど》が渇くのですよ」

「ボーイさん、コーヒー二つ。私はアメリカン」

「私もそれで結構です」

また無音。おそらくその間に、二人は運ばれてきたコーヒーを飲んでいたのだろう。男の言葉で、また会話が始まった。

「これから悠久の大義について話し合うのですが、その前にまず確認しておきたいことがあります。あなたの父親の高橋勝さんですが、陸軍での正式な肩書きは日本陸軍航空本部航空審査部主任、これでよろしいのですか？」

「ええ、それが正しいと思います」

「知覧からは、多くの特攻機が出撃していますが、特攻に使われた飛行機の数は四百三十二機、そして、その特攻のために使われた飛行機はさまざまですが、まずそれを確認したいのです。九七式戦闘機百七十二機、一式戦闘機百二十機、三式戦闘機四十九機、九九式襲撃機三十六機、九九式高等練習機三十五機、二式複座戦闘機十五機、九八式直接協同偵察機三機、四式戦闘機二機。これが、知覧の特攻平和会館の説明にあった機種名と数字です。この八種類の陸軍機が特攻に使われているのですが、高橋少佐はもちろん、このことをご存じでしたよね？」

「彼の手帳には間違いなく、その飛行機の名前と性能が書かれていました。そうした陸軍機の性能などを調べることが、私の父の仕事の一つでしたから、当然知っていたものと思います」

「昭和二十年当時、日本陸軍では、沖縄決戦に備えて、急遽《きゅうきょ》、特殊攻撃機のキ一一五剣が生産されましたね。このことは当然、陸軍少佐の高橋勝さんはご存じだったはずです。何しろ航空本部におられたわけですから」

「ええ、もちろん父は知っていましたよ。手帳にも、航空本部の指示でN航空が、特殊攻撃機キ一一五の生産に入ったことが記入されています。合計で百機以上が製造されたことも、手帳には記されていました。父がその特殊攻撃機キ一一五の審査をしたわけですから」

「その特殊攻撃機の剣ですが、特殊攻撃機というのは、特攻機のことでしょう？」

「今からいえば、その通りです」

「性能は、どんなものだったのですか？　かなり優秀だったと聞いていますが」

「これも父の手帳に書かれていたことですが、設計段階で知らされた数字は、かなり優れていたものだったようです。五〇〇キロの爆弾を積んで、最高時速五〇〇キロ以上、飛行距離も沖縄まで行くには十分なものです。そのために、設計段階からすでに当時の陸軍航空本部と陸軍参謀本部は、N航空に対して製造を命じているのです。これは異例なことです。設計の段階から量産に踏み切ったのは。その点を父は、急ぎすぎと書いています」

「しかし、当時の陸軍では、それが必要だったわけでしょう？　だから、百機以上も造られたのです。ところが、さっき私がいった知覧から出撃していった特攻機八種類の中に、キ一一五剣の名前は入っていません。一機もです。その理由をご存じですよね？」

「もちろん知っています。父のいた航空審査部が、合格の判を押さなかったからです」

「それについて戦後になって、大量に製造したのに、一機も合格の印を与えなかったので多くの若者が救われたと賞讃《しょうさん》する記事が書かれたのを読んだことがあります。しかし、航空審査主任の高橋少佐の厳しい審査のために、特攻機が無駄になってしまった。大変な損失を陸軍に与えたという意見もあります。それだけではなくて、剣が体当たりしていれば、沖縄戦の様相も違ったものになっていたのではないか。沖縄守備隊や沖縄県民の犠牲は、もっと少なくて済んだのではないか。そう考えれば、失礼ながら高橋陸軍少佐の罪は重いと考えてしまうのですよ。息子さんとしては、どうお考えですか？」

「父の厳しい審査のおかげで若者の命が助かったというのは、少しばかり大げさだとは思いますが、父の手帳によれば、百機のキ一一五剣を飛ばしたところで、五十パーセントが沖縄につく途中で故障して墜落する。さらに四十五パーセントは、アメリカの優秀な戦闘機によって撃墜される。沖縄のアメリカ軍の軍艦、あるいは輸送船に到達できるのは、百機のうちの五パーセントぐらいしか考えられない。それも、すさまじい敵の対空砲火で撃墜されるだろう。父は、冷静に計算しているのです。つまり、あのキ一一五剣では、ほとんど戦果を挙げられないだろうと予測しています。飛ぶ前に、父は不合格にしていたわけですが」

「それも間違っていると、私は思います。いいですか、先生のお父さんはキ一一五剣を審査して、不合格の判を押しました。それで何人の若者が救われたでしょうか？　現に剣が出撃できなくなった代わりに、知覧の特攻平和会館にあったように、九九式高等練習機が三十五機、特攻で出撃しているのです。この高等練習機が採用されたのは、一九三九年ですよ。昭和十四年、太平洋戦争が始まる前ですよ。最高時速が三四九キロ、それに二五〇キロの爆弾を積んでいるんですから、スピードはさらに落ちて、時速三〇〇キロ以下ではなかったかと思われます。この高等練習機で特攻に飛び立ったパイロットは、おそらく途中で待ち構えていたアメリカの戦闘機によって、全て撃ち落とされたのではないでしょうか？　三十五人が、おそらくアメリカの軍艦、あるいは輸送船に到達できなかったと考えられるんですよ。あなたのお父さんの高橋陸軍少佐は、特攻機キ一一五剣を不合格にした理由の一つとして、この飛行機では、五十パーセントが途中の故障で墜落、そして、四十五パーセントは簡単にアメリカの戦闘機に撃墜されるだろう。手帳にそう書かれているわけでしょう？　その代わりに特攻に出撃した三十五機は、剣よりもさらに性能の劣る練習機です。太平洋戦争の前の飛行機ですよ。それについては、陸軍航空本部の審査部は合格の判を押したのでしょう？　そして、出撃するのを止めようとしませんでした。これはおかしいのではありませんか？　だって、九九式高等練習機の三十五機は、時速三〇〇キロ以下で飛んでいます。それに対して、キ一一五剣のほうは、最高時速五〇〇キロ以上だったんでしょう？　なぜ剣のほうを飛ばさなかったのですか？　それについては、高橋陸軍少佐は、手帳にどう書いているんですか？」

「直接その件についての考えは、手帳には書かれていません。しかし、問題のキ一一五剣については、こう書いています。

『それは設計上の性能だ。剣は、風洞実験をせずに陸軍の参謀本部と航空本部がN航空に対して量産を命じている。だから、設計上の性能がそのまま出るとは限らない』と」

「しかし、N航空は、それまでに、例えば、一式戦闘機・隼を設計しています。B29

に対する防空戦闘機・鍾馗も、重爆撃機も設計しています。それを考えれば、N航空というのは、優秀な設計技師を抱えていたとは思いませんか？」

「ええ、もちろん、当時の日本で最高の設計技師の集まりだったと思いますよ」

「それならば、例えば風洞実験を省いていたとしても、設計上で出した性能がメチャクチャ間違っているということはないのではありませんか？　そこそこの数字は出していたはずです。だからこそ、航空本部はN航空に対して量産を命じたのではありませんか？　違いますか？　N航空が出した数字を、高橋陸軍少佐はそんなに信用できなかったんでしょうか？」

「もちろん私の父も、陸軍航空本部の一員ですから、キ一一五の設計上の数字を信用しなかったわけではないと思います。そこに出されている数字も信用したと思いますね。しかし、父の手帳にはこういうことも書かれているのです。

『戦争の後半になると、物資の不足が極端になってきた。そのため、今回、特殊攻撃機として設計された剣も、製造の段階になって多くの資材が不足したために、その代用品が使われた。

いちばん大事な翼は今まで通りジュラルミンが使われているが、胴体は木とブリキで造られ、肝心のエンジンは初期の隼に使われ、現在は使われずに倉庫にあったものである。その旧型のエンジンを、特攻機に使っているのである。

それに、出撃すれば帰還することはないということで、脚にはショックアブソーバーが採用されていない。そのため、荒れ地に造られた飛行場から離陸する時に、滑走中に、その脚が折れて離陸が不可能になったことがあった。また、操縦席とエンジンの間に、五〇〇キロの爆弾を積んで、敵艦に体当たりする設計になっていたが、エンジンの力が不足しているので、五〇〇キロの爆弾を積んでいては到底離陸ができない。

そこで、二五〇キロ爆弾に変更したのだが、それでもエンジンと操縦席の間に積み込まれるため、エンジンと操縦席の間が長くなり、実際に離陸しようとして滑走に入ると、パイロットは前方が見えなくなる。

仕方なく体を横に倒して、側面からエンジンが適正に動いていること、あるいは、まっすぐ滑走していることを確認しなければならない。訓練時間の短い学生上がりのパイロットでは操縦が難しくなる。もちろん、最高速度五〇〇キロ以上と性能表には書かれているが、二五〇キロの爆弾を積んだ場合、スピードが五〇〇キロ以下に落ちてしまう。そうしたマイナス面を一つ一つ考えていくと、私としては責任上、簡単には合格の判を押せないのである』

父の手帳には、そう書かれています。さらに、自分の信念として、こう書かれているのです。

『私は今回の戦争に反対ではない。むしろ陸軍軍人の一人として賛成である。前年の十月末から始まった特攻作戦についても、やむを得ないものだと考えていて、一度として特攻に反対をしたことはない。

したがって、私が剣に対して合格の判を押さないのは、あくまでも技術的に見て合格の判を押せないだけのことであって、それ以上の気持ちはない』と、書かれているのです」

「その頃、海軍では桜花という特攻機が造られています。こちらのほうも、いろいろと問題がありました。いわばロケット爆弾のようなものですから、点火が難しいとか、桜花だけで出撃することはできないから、一式陸攻に吊《つ》り下げて出撃しなければならない。また、点火されて飛翔《ひしょう》する時間はわずか二、三分。その間に目標を決め、突っ込まなければならない。そうした問題がたくさんあったにもかかわらず、海軍では桜花だけの攻撃隊が編制され、実際に桜花が特攻に使用されています。それに対して陸軍では特攻機を百機以上も完成したというのに一機も飛んでいません。剣の飛行隊が編制された形跡もない。海軍に後れをとったのは、ひとえに先生のお父さん、高橋陸軍少佐の責任ではないでしょうか？　あまりにも厳格な検査基準を守ったために、太平洋戦争での特攻の名誉を海軍に奪われてしまった。そう考える人も多いのではないか？　その点を先生は、どうお考えですか？　また、陸軍航空本部と参謀本部は、完成したキ一一五剣のうち、二十機を分解して、陸路、知覧に運んで組み立て直し、知覧特攻を編制しましたね。そのことは高橋陸軍少佐もご存じのはずです。その時、知覧で事件を起こしていますから」

「もちろん、その件についても、父は日記に書き残しています」

「どんなふうに、高橋陸軍少佐は書き残しているんですか？」

「『私が、剣に対して合格を出さないので、参謀本部と陸軍航空本部は、強引に二十機の剣を分解して知覧に運んでしまった。そのうえ知覧で組み立て直し、特攻攻撃に出撃させるという。

それを聞いて、私は急遽《きゅうきょ》、知覧に飛んだ。若者を無駄死にさせたくなかったので、今まで一機たりとも剣に合格印を押さなかった。それを勝手に二十機、知覧から特攻に出撃させようとしている。私には、それを止める義務がある。自分が審査して合格させなかった飛行機を、なぜ特攻出撃させるのか？　もしそんなことが許されるのなら、私など要らないではないか。

私は基地の司令官に、もし特攻出撃させるのなら、私を殺してからにしていただきたい、私が航空審査の任務で審査したことが、何の意味もなくなってしまう、と訴えた。ところが、私が飛行隊長と議論をしている間に、突然、飛行場に並んでいた二十機のキ一一五剣の中の一機が、滑走路に向かって動き出した。私は滑走路に向かって飛び出していき、両手を広げてその剣を止めようとした。

しかし、若い操縦士が操縦席で立ち上がって、私に向かって叫んだのだ。『これから特攻出撃する。悠久の大義に生きたいのだ。邪魔する者は殺す』と。それで、私は持っていた拳銃《けんじゅう》を撃った。その若い操縦士は負傷し、すぐ陸軍病院に運ばれていった。若月《わかつき》という二十五歳の陸軍少尉である。

この件で私は、特攻出撃する純粋な若い少尉を拳銃で負傷させて、出撃させなかったという理由で、飛行隊長からも航空総監からも激しい譴責《けんせき》を受けた。私の行為が反戦的、非国民、そんな言葉で激しい非難を浴びたのだ。しかし私は、自分の任務を忠実に完遂しただけである。それ以上のことも以下のこともしていない』

父の手帳には、そう書かれています。問題を起こした二十五歳の少尉について、一言も非難していません。

『あれは、あくまでも愛国の情にかられてのものだから、私には彼を非難するつもりはない』

そう書いているのです」

「しかし、なぜ、拳銃を撃ってまでして止めようとしたんでしょうかね？　だって、若月少尉の行動は愛国心から出たものであって、それを批判する気はないというのでしょう？　それなら阻止しないで、そのまま飛ばせてやればよかったんですよ。もし、若月少尉が特攻に成功すれば、残りの剣も生きてくるじゃありませんか。百機以上の特攻機が実現するのですよ。そのチャンスを、あなたのお父さんは消してしまったんですよ」

「何回もいいますが、父は自分の仕事を忠実にやっただけですよ。構造的に欠陥のある飛行機を飛ばすのは危険だと思ったから、合格の判を押さなかった。それだけのことでしかありません」

「しかし、剣は試験飛行したわけでしょう、パイロットを乗せて」

「もちろん、その通りです。審査官が試験飛行をやっています」

「それで、一人でもパイロットが事故死したことはあるんですか？」

「着陸に失敗した剣はあったようですが、幸いなことに、パイロットに死者は出ていません」

「それなら、どうして特攻で使用しなかったんですか？　練習機は出撃できたのに、なぜ剣には許可を与えなかったのですか？　はるかに性能の落ちる、太平洋戦争前に造られた練習機には、平気で特攻攻撃の許可を与えているわけでしょう？　どう考えても不自然だと、私は思いますね。同じくらいの危険があるのなら、どうしてスピードの速い剣に飛行許可を与えなかったのですか？　練習機ならいいが、剣には特攻攻撃の許可を与えないというのは、おかしいじゃありませんか？」

「待って下さい。試験飛行に搭乗するのは、ベテランのパイロットですよ。だから、飛行中の故障にも対応できた。若い特攻隊員だったら、多分、何人か死んでいましたよ。若月少尉の場合もそのおそれがあって、父は止めたんだと思います」

「それは、あくまで仮定の話でしょう」

「これは、際限のない議論になってしまいますね。練習機は、すでに何年も使われていて安定感がある。たしかに、剣のほうは練習機よりも性能はいいが、はたして知覧から沖縄まで安全に飛べるのかどうか、それが分かるまでは合格させない。私から見れば、父のその決断は正しかったと思いますがね」

「特攻は、航空本部の審査員がやるわけではないでしょう。若者が死を顧みずに飛んでいく。それで実現するものですよ。特攻隊員がこの剣という飛行機でいいといっているのに、それを止めるのは反軍的、非国民的な態度だと非難されても仕方ないじゃありませんか」

「だから、現在の時点では、いろいろな議論があるといっているじゃないですか。私は昭和二十年の時点で、父が何をどう考えていたのか、それをあなたに伝えているだけですから」

「しかし、何度もいいますが、戦闘の主役は、審査員の陸軍少佐ではなくて、敵艦に突っ込んでいく若い特攻隊員ですよ。その特攻隊員が自ら剣に乗って飛び立っていくといっているんです。それをあなたのお父さんが、邪魔をしている。どうして眼をつぶって飛ばせてやらなかったのか。その後、若月少尉は、ケガが治ると特攻に出撃しているのです。つまり、何度もいいますが、あなたのお父さんは若い兵士の行動を理由もなく邪魔しているのです」

「この件は、どうしても結論が出そうもありませんから、いったん休んで、もう一度、話し合おうじゃありませんか」

この後、高橋晋太郎は、冷たい紅茶を注文し、榊原のほうは緑茶を注文している。

二人とも喉《のど》が渇いたのだろう。

そして、また激しい会話が再開されていた。

「今、聞きたいことがあります。高橋先生は、特攻には反対なのですか？」

「今、あなたは、昭和二十年に私の父である陸軍少佐、高橋勝が何を考えていたのか、それが知りたいわけでしょう？　それなのに、なぜ私が特攻についてどう考えているのか、話さなくてはいけないのですか？　それを話したところで、あなたは満足するはずがない。今もいったように、あなたが知りたいのは、昭和二十年の高橋陸軍少佐の考えなのでしょう？　それについて、私はこう考えています。父は、戦争には反対ではありませんでした。特攻にも反対ではなかった。そのことについては戦後、父は手帳にはっきりと書き留めています。ある意味、父は優秀な日本の軍人らしい考えを持っていたわけです。命令には絶対に服従する。自分に与えられた任務は、忠実に実行する。そして、嘘偽りのない結論を上司に知らせる。父はそれだけしかやっていないのですよ。戦争に反対しなかったし、特攻に反対でもなかった。父の手帳を何回も読み直して、そういう結論に達しました」

「それを聞いて安心しました。高橋陸軍少佐が戦争反対、特攻反対だったとしたら、これ以上、先生と話し合う必要はなくなってしまいますからね。そこで先に進みますが、高橋陸軍少佐は、出来上がってきたキ一一五剣について検査した結果、欠陥を見つけた。しかし、それでその機体をつぶしてしまったわけではないでしょう？　検査に合格するように、直すべきところを直すようにと申請したのではありませんか？　そうじゃなければ、審査主任の人間としては落第ですからね」

「もちろん父は欠陥を指摘して、それを直してくれればまた審査すると伝えたと、手帳に書いています。事実、この特攻機の剣については、父は改善すべき箇所を何回も指摘しています。例えば、特攻には必要ないとして脚の部分を取り外しの利く簡単な作りにしてあって、そのために滑走中に脚が折れてしまったことが何回もあったので、まずは丈夫な脚に取り換えることを要請しています。あとは、エンジンのすぐ後ろに五〇〇キロ、実際には二五〇キロの爆弾を積むため、操縦席がかなり後ろになってしまい、操縦しにくくなるので、その点を改良してほしい。そういう要望を航空本部に出しています」

「それで、製造に当たっていたN航空では、その点を改良しなかったのですか？」

「いや、N航空としては、一機でも飛ばしたかったはずですから、父が指摘した欠点をただちに改良して、その改良機をまた審査してほしいと要求してきています。参謀本部も航空本部も、一刻も早く、一機でも剣を飛ばしたいと思っていたわけですから、徹夜で欠点を修正したことを手帳に書き留めています。当時、日本の本土では、B29による爆撃が、連日のように行われていましたから、その爆撃の合間を縫うようにして、連日徹夜で特攻機剣を改良していった、その作業に対しては頭が下がると、父は書き残しています」

「しかし、いくら改良しても、あなたのお父さんは、合格点を与えなかったわけでしょう？　とにかく、一機も合格させなかったんですから。なぜ、そんなに厳しい審査をやっていたんでしょうか？　なぜ、ある程度改良した時点で、合格させなかったのでしょうか？」

「それは何度もいいますが、父の信念だったからですよ。父は特攻には反対していなかった。いや、むしろ賛成していたと思いますね。だが同時に、自分の任務には忠実だったんですよ。だから、いくら特攻機だからといって、特別扱いはできなかった。

父はそういう信念の持ち主でしたから」

「昭和二十年頃、来襲するＢ29の攻撃に対して、日本の戦闘機が体当たり攻撃をしたことを、ご存じですか？」

「もちろん。私は現代史が専門ですから知っていますよ。たしか、新しい陸軍戦闘機の鍾馗という、スピードが速くて大口径の機銃を備えた戦闘機で、来襲するＢ29の撃墜を試みた。しかし、Ｂ29が日本の国土に侵攻してくる高度は一万メートル以上。当時、アフターバーナーの付かないエンジンで、そのうえ操縦席が気密室ではありませんから、Ｂ29の要撃のために一万メートルまで上昇するのに、時間がかかってしまう。それに、一回攻撃すると高度が下がってしまって、もう一度攻撃するのに時間がかかる。そこで、酸素マスクをつけた操縦士が一万メートルの上空で待ち構えていて、Ｂ29を見ると体当たり攻撃をした。そんなことでもしなければ、あんな大きなＢ29をなかなか撃墜することはできなかった。そんな話は戦後聞いたこともありますし、手帳にも書きつけてありました」

「それですよ」

「どういう意味ですか？」

「今、先生がいわれたじゃありませんか。当時の日本の最新鋭の戦闘機でも、一万メートル以上の上空を侵攻してくるＢ29を撃墜することは難しかった。高空に行けば日本の戦闘機は馬力が落ちてしまうし、機関砲による撃墜は難しかった。つまり、高橋陸軍少佐が特攻機剣に不合格の印を押したのと同じですよ。特攻には向かないと考えたわけでしょう？　しかし、それで済ませてしまっては、本土決戦は無理になってしまいますよ。もうB29は落とせないと考えてしまえば、手も足も出ません。だから無理をして、体当たりを考えた。なぜ、そこまで高橋陸軍少佐は考えなかったんでしょうね？　性能も悪いし故障の多い剣だが、何とか考えて特攻に使えるようにする。なぜ、そういうふうに、先生のお父さんは考えなかったんでしょうか？　無理な攻撃であることは、若いパイロットだって分かっていました。それでもなお、欠点の多い剣に乗って、沖縄に飛ぼうとした若いパイロットもいたわけですよ。どうしてそれを止めたのですか？　飛ぶのならここを注意して飛べと、どうしてそう忠告しなかったのですか？　若いパイロットは、そんな欠点の多い攻撃機でも、喜んで乗って沖縄に飛んでいったと思いますよ。なぜ、そうしなかったのですか？　あなたのお父さんがそれを力ずくで止めれば、日本は勝てたのでしょうか？　沖縄決戦に勝利できたのでしょうか？」

「ちょっと待ってくださいよ。その考えは、少しおかしいのではありませんか？」

「どこがおかしいのですか？」

「まずB29に対する体当たり攻撃について考えてみましょう。使用する戦闘機は、陸軍では最新鋭の戦闘機で、もちろん航空本部の審査に合格しています。それに、あの攻撃について、B29に体当たりする特攻だという人がいるが、それは間違いだと父は手帳に書いています。なぜ間違いなのかといえば、体当たりをした後、戦闘機の操縦士は、パラシュートを使って脱出することができるからです。現にパラシュートで地上に降りて、さらに再度B29に体当たり攻撃をした操縦士が戦後生きていて、そのことを手記に書いています。したがって、あれは特攻ではないのです。特攻は必死ですが、B29に対する体当たり攻撃は決死なのです。それに、あの攻撃は、最初から命令されてやったわけではありません。あくまでも戦闘機隊に与えられた任務は、侵攻してくるB29の撃墜です。しかし、今あなたがいったように、高高度の戦闘に日本の戦闘機は適していなかったし、頑丈な造りのB29は、機銃ではなかなか撃墜できなかった。そこで、パイロットがどうにもがまんできなくなって、体当たり攻撃をしたのです。あくまでもパイロットが自らの意思でやったことなのです。したがって、その意味でも特攻とは呼べません」

「それにしても、高橋陸軍少佐は、どうして、そこまで冷静になれたのでしょうか？私には、その点も不思議で仕方がない。沖縄決戦に敗北し、いよいよ本土決戦だといわれていた時期ですよ。日本民族が生き残れるか、それとも滅びてしまうかの瀬戸際だったわけです。そんな時でも、高橋陸軍少佐は冷静に特攻機の欠点を調べ、これは飛ばすことはできないと、何回も不合格の判子を押したわけでしょう。普通なら、こんなに冷静になれないはずです。だから、特攻が始まったのではありませんか？　そうした熱情を、あなたのお父さんは持たなかったのでしょうか？　欠点はある。しかし、飛ぶことはできる。それなら眼をつぶって、爆弾を積んで特攻に出撃させようじゃないか。それに対しては、特攻隊員だって怒りませんよ。たとえ怒っていても、眼をつぶって出撃していきますよ。あの若月少尉が、いい例じゃありませんか。変に冷静なあなたのお父さんの行動は、当時の危機感を若い特攻隊員と全く共有していないように見えて仕方がありません。その点について、先生はどう思われているのですか？　現代史を専攻されているのですから、その点を答えてもらえませんか？」

「困りましたね」

「困ることはないでしょう。なぜ困るんですか？」

「私は、あなたがそうした国家的な必要とか、国民的な心情といったところに話を持っていかれると困ると思って、お会いするのをためらっていたのですよ。せめてそういう気持ちが湧かないようにと考えて、この場所を選んだのです。ここならば、等距離のところに特攻平和会館と観光地の指宿や枕崎がありますからね。かたよった感情で話し合うことを避けられるのではないか、そう思って、ここを選んだのです。もう少し冷静になって特攻について考えるのでなければ、これ以上あなたと話をするのは無理のような気がします」

「いいですか、現在の話をしているんじゃないんですよ。昭和二十年の話をしているのです。私の祖父の兄は特攻で死んでいます。しかし、私は戦後の生まれです。祖父の兄や、あるいは一緒に特攻で死んだ人たちの気持ちは分かりません。分かろうとしても、完全に分かるかどうか自信がありません。そこで、私は当時の人たちが特攻をどのように考えていたのかを知りたいと思って、九十歳前後の人たちに会って話を聞いて廻《まわ》りました。昭和二十年頃、特攻で次々に若者が死んでいった。その時、あなたは特攻をどう思っていたのか、それを聞いて廻ったのです。そうしたら、特攻に反対していた人は一人もいないんですよ。立派な行動だと思っていたと、そういっているんですよ。今になってどう思っているのかではありません。その時の気持ちを話してもらったのです。したがって、当時の日本は、国民的な感情、あるいは熱情が一致していたのではありませんか？　私の祖父は、もう亡くなっていますが、昭和二十年には十五歳でした。その祖父に聞いたことがあるんですよ。その頃、九州の鹿屋飛行場から海軍の、知覧陸軍基地から陸軍の特攻機が次々に出撃していきました。その頃、特攻についてどう思っていたのかを聞きましたよ。そうしたら、素晴らしいことだと思っていた。友達も全員、自分たちも二十歳になったら特攻で出撃する、そういっていた、というのです。こう考えてくると、当時の国民感情は、特攻賛成で一致していたのではありませんか？」

「そう考えることもできますが、反対することができなかったともいえるでしょう？　イエスしかなかった。ノーと考えることができなかったのではなくて、ノーという考え自体がなかったのですよ。そういう国民、国家になっていたのです。そこが違います。ですから、あなたが、私の父の考えが当時の国民感情に合わないじゃないか、反対じゃないか、間違いじゃないかと、そういわれても困るのです。日本の陸軍少佐として、それに反対する考えは浮かばなかった。そういういい方しかできないからです」

「それにしても、私から見れば、いや、特攻で死んだ私の祖父の兄から見れば、高橋陸軍少佐の考え、生き方すべてがどこか間違っている。全く別の世界の人間のように思えますね。そこが私には許せない。特攻に賛成なら、たとえ欠点のある機体でも、なぜ合格させなかったのか。とにかく百機以上も造られたのですよ。それが一斉に知覧基地を飛び立つところが想像できないのですか？　私ならできますよ。その中に私の祖父の兄弟がいたかもしれませんからね。おそらく沖縄には、多くのアメリカの戦闘機が待ち構えていたでしょう。そこに剣がぶつかっていくのです。たとえ全機が撃墜されたとしても、日本の歴史に輝かしい一ページを残すことはできたんじゃありませんか。その素晴らしさに、これこそ日本の戦う姿だと、感動するのではありませんか。私はね、日本の特攻というのは、感動するかしないか、熱気をもって迎え入れるか、冷静に批判するか、どっちかだと思っているんです。マイナス思考の人間が当時の陸軍にいたこと、それが私には許せないのです」

「困りましたね。その息子である私も許せないのでしょう？」

「先生は太平洋戦争を研究していらっしゃるし、それを教えている。ただ、その冷静さが私には許せない。民族の興亡は、その熱情にかかっているのではありませんか？　昔の『太平記』で、読み手が人々を感動させたのは、肝心のところでは読み手自身が感動して声涙ともに下り声をふるわせたからでしょう。先生にもそれを望みたいのです。今の日本人、特に日本人の大人を見ていると、どうしてこんなにも冷静なのか。特に戦争について、日本の特攻について熱情をもって語れないような人が大学の教授で、現代史、特に太平洋戦争について教えている。そう思うと、日本民族の将来について、悲しまずにはいられなくなりますね。どうして、特攻という若者の熱情について語るとき、そんなにも冷静でいられるのですか」

「冷静というのは間違いですよ。特攻についても正しく評価したい。そう思っているだけです」

「先生が太平洋戦争について書かれた本を読みました。特攻についても一章を割いて書いておられましたね。もう二度と特攻のような悲劇は見たくない。そう書かれていました。あれは、先生の本音ですか？」

「もちろん、そうです。嘘は書きませんよ」

「先生は、あの本の中で、特攻の悲劇と書かれていますが、どうして特攻が悲劇なのですか？」

「待ってください。たしかに私は、あの本の中で特攻についても書いていますが、それは一章だけで、他の章では戦争自体が悲劇なのであって、それを忘れてはならない。戦争がなければ特攻の悲劇も生まれない。そういうふうに書いているんですけどね」

「たしかに第一章では、中国の孫子《そんし》の兵法を取り上げて、最上の戦争は戦争をしないことだと書かれていますね。特に、勝つ見込みのない戦争はしてはならないと」

「それを守れば、日本は太平洋戦争をしなくても済んだのですよ。勝てないと分かっていながら、日本の軍部は太平洋戦争に突入してしまった。まず第一に、これが間違いでした。そして、間違いが間違いを生んで、最後には、若者を必死の戦闘に追いやったのです」

「国家というのは、そんなものなんですかね。そんな簡単な理屈で動くものなのでしょうか？」

「しかし、勝てない戦争はするべきではないというのは、真理ではありませんか？」

「それは孫子の時代だからでしょう。昔の中国の歴史を読んでいくと、強い国も弱い国も、お互いの尊厳を認めていますよね？　私は中国の話が好きだから、時々読んだりしていますよ。それを読むと、激しい戦いもありますが、強国の宰相が弱い国の国王を尊敬して、自分のほうから相手を立てて行動している。しかし、現代は、そんなに甘い時代じゃありませんよ。今の世界を見てください。強国が弱い国に対して、無理難題を吹っかけている。それに屈服するか、負けることを覚悟して戦うか、どちらかしかないんですよ。太平洋戦争が始まった時も、これと同じだったと、私は思っています。昭和十六年のアメリカの要求、それを呑《の》んでいたら、たしかに太平洋戦争はなかったし、大きな犠牲も出なかったでしょう。しかし、その代価として、アメリカのいう通りの日本になっていたんじゃありませんか？」

「今は違うのですか？」

「たしかに一見すると、アメリカのいうことを聞いています。私なんか、時には屈辱的だと思うことがありますよ。そのアメリカと戦った若者たちは、降伏するのがイヤで、特攻を実施した。当時の国家的な熱情、それを体現したのが特攻だから意味があったと、そう考えるのです。そのどこがおかしいのですか？」

　また沈黙。しかし今度は、二人が飲み物を注文した様子はない。おそらく若い榊原栄のほうが、感情が激して喋《しゃべ》るのを止めてしまったのだろう。

　前よりも長い沈黙があってから、榊原の声が、やっと戻ってきた。

「特攻の生みの親といわれる大西中将が、特攻は崇高な行為である。しかし、戦術としての特攻は外道である。そういっていますが、この考えについて先生は、どう思われますか？」

「あの言葉ですが、私はおかしいと思っています。特攻が正しいのであれば、作戦も正しいはずです。そういわなければおかしい。個人的には正しくても、戦術としては間違っているというのは、特攻自体を否定してしまっていますからね。あの言葉は間違っていると思います」

「やっと一つだけ、同感する考えが見つかりましたね。しかし先生は、それでも特攻は悲劇であると、そう考えておられるわけでしょう？」

「その点の考えは変わりませんよ。特攻がなかったほうがよかったというのは、私の気持ちですから。なければ、あなたの祖父のお兄さんだって死なくて済んだんですよ」

「また考えが違ってしまいました。その点には、私は反対だし、あなたは間違っていると思っています」

「どこが間違っているのでしょうか？　教えてください」

「大学の先生には教えられませんが、昭和二十年の日本の状況を考えてくださいよ。

私は、祖父の兄が特攻で死んだことが悲劇だとは、全く思っていないのです。むしろ素晴らしい死に場所を与えてくれたと、祖父の兄は喜んでいたと思っています。理由ですか？　戦争の末期、多くの兵士たちが飢えや病気で死んでいたでしょう？　兵士ならば戦いで死ぬのが本望なのに、病気や飢えで死んでいきました。その兵士たちに比べれば、飛行機を与えられ、敵艦に突っ込んで死ぬのですから、それは素晴らしい死に場所を与えられたということになるじゃないですか。だから、特攻で死んだ若者たちの多くは、立派な死に場所を与えてもらったと感激して死んでいったのです。その気持ちを遺書などに書いたりしていると、これは嘘だ、自分の気持ちを偽っているなどという人がいますが、私はそうは思わない。あの時代、特攻というのはある意味、素晴らしい死に方だったんですよ。だから、素晴らしい死に場所を与えられて、感動して死んでいきます、と書いてある遺書は、私は本心だと思っています。そう思いませんか？」

「そこまで考えてしまうのは、間違っていると思いますよ。そこまで行く前に戦争を止めれば、そんな突き詰めた話し合いは行われなかったし、特攻で死ぬ人もいなかったんですよ。もっと大きくいえば、太平洋戦争を始めなければ、死ぬ兵士も死ぬ国民もいなかったんですよ。私としては、それを考えていただきたいですね」

「先生は歳を取られた」

「私は、まだ六十五歳ですよ。自分では、それほど歳を取ったとは思っていませんがね」

「体力的には若いかもしれません。しかし、精神は老人です。若者の気持ちが全く分かっていません。いちばんいけないのは、若者の気持ちが分からないのに、分かったような気持ちで批判したりすることですよ。だから、特攻が歪《ゆが》められていくのです」

「私は別に、特攻で死んでいった人たちを、歪んだ目で見ているような、そんなつもりはありませんよ。戦争がなくて、死ぬ人が一人もいなかったほうがよかったと、そう思っているだけです」

「しかし、現実に私の祖父の兄は特攻で死んでいるし、先生のお父さんは、百機以上も造られた特攻機を不合格にして、一機も飛ばしませんでした。そして、そのおかげで多くの若者が死なずに済んだと喜んでいます。そんな誤った正義感はおかしいですよ。間違っています。いや、間違っているだけではなくて、特攻で死んだ若者たちの気持ちを蹂躙《じゅうりん》しています」

「困りましたね。いいですか、私はそんな気持ちで特攻を見てはいませんよ。ただ、戦後七十年が経って、冷静に考えようとしているだけです」

「だから、私は腹が立つんですよ。まだ戦争が終わって、たったの七十年しか経っていないじゃないですか。それなのに、どうしてそんなに冷静に特攻を見ることができるのですか？　そうだ、私の祖父の兄は特攻で死んでいますが、あなたのお父さんは特攻で死んでいませんでしたね」

「そんなふうには考えていませんが。特攻も歴史の一つとして、冷静に見てみたいと思っているだけです」

「これから知覧に行きませんか？　あの平和会館で、特攻死した若者たちの写真や遺書や辞世の言葉を見ながら、もう一度、特攻について話し合おうじゃありませんか」

「それは、お断りします」

「なぜですか？　あそこでは正直に話し合えるのではありませんか？　何といっても、特攻で死んだ人たちの写真が、われわれを見つめていますからね」

「だから困るのですよ。知覧に行ったら、あなたはますます私の言葉に反感を持つようになる。いくら冷静でいようとしても、冷静にはなれなくなる。それが怖いから、私は知覧からも、指宿や枕崎からも同じ距離にあるここで、あなたと会うことにしたのです。そうすれば、お互いに少しは、冷静に話し合えると思ったからですよ。それを知覧に行こうといわれても、行ったらあなたの感情が一気に激してしまう。だから、私は拒否します。今こそ激した感情ではなくて、冷静な気持ちで特攻を見直したいからですよ」

「あなたは卑怯《ひきょう》者だ」

そこで録音は終わっていた。

2

十津川はため息をつき、しばらくして落ち着いてから、そのDVDを持って三上刑事部長のところに報告に行った。

録音を聞いてもらうと、三上は簡単に反応して、

「すぐに逮捕状を請求しよう。すでに録音の中の相手三人は殺されている。犯人は、このDVDを送ってきた榊原栄で間違いないんだろう?」

「間違いありません」

「それなら、すぐに逮捕状を取って、指名手配の手続きをしろ。一刻も早く犯人を逮捕するんだ。三人の人間を殺害した犯人だからな」

それに対して、十津川は、

「逮捕状はお願いしますが、指名手配は必要ないと思います」

と、いった。

「どうしてだ? 犯人は、こんなものを送りつけておいて、逃げ廻《まわ》っているんだろ

う？」

「いや、逃げ廻ってはいないと思います」

「しかし、まだ行方は分からないんだろう？」

「おそらく、もうどこかで死んでいると思います。三つの録音をずっと聞いていると、この犯人は、すでに死亡していると考えざるを得ないのです」

と、十津川は、繰り返した。

一週間後、榊原栄が開聞岳の頂上付近で、短刀で腹を突き刺して自殺しているのが発見された。

遺書があった。

「これから特攻で死んだ祖父の兄のところに行きます」

それが榊原栄の遺書だった。

3

捜査会議があって、榊原栄が捜査本部の十津川のもとに送りつけてきた三枚のＤＶ

D、それを世間に発表していいものかどうか。特攻については、さまざまな意見がある。そうしたいくつかの考えがあるところに、どちらかといえば特攻を賛美するような録音を発表していいものかどうかも、議論になった。

そんな議論から逃げるかのように、十津川は一人で九州に向かい、開聞岳の近くにある寺の住職に会いに行った。その住職の兄二人が、ともに特攻で死んでいた。その人は、小さな寺で、毎日、開聞岳を見て暮らしているというのである。

特攻について意見をいったことはない。きかれても、一切何もいわなかったという。その話を聞いて、十津川は一人で住職に会いに行ったのである。

十津川がその寺に行った時、九十歳の住職は開聞岳を見つめていた。十津川が声をかけても、全く返事をしない。これでは特攻について答えてくれないだろうと思い、

「なぜ、いつも開聞岳を見つめていらっしゃるのですか？」

と、きいてみた。

「特攻で死んだ人たちは、離陸すると、まず最初に開聞岳を見つめたんだそうです。それから沖縄に飛んでいきました。だから、私も朝起きると、こうして開聞岳を見つめるのです」

と、住職が答えてくれた。

それに力を得て、十津川がきいた。